La LOGIA de SAN JUAN

by

CONSTANTINO ENEAS

Constantino Eneas
 La Logia de San Juan. - 1a ed. - Pinamar : Imprimatur Ediciones, 2013.
 E-Book.

 ISBN 978-987-29973-0-4

 1. Narrativa Argentina. 2. Novela.
 CDD A863

1ª edición
ISBN: 978-987-29973-0-4

DEDICATORIA

A mi amor, mi vecino átomo en la mente de Dios; Romina.

"Operis peracti nullus strictor iudex autore"
[Ningún juez más justo que el autor de la obra].

I

"Et lux in tenebris lucet"
[Y la luz en las tinieblas resplandece]. Juan 1:5

- Venerable maestro, a las puertas del templo llaman en el grado que trabajamos. –

- Querido hermano experto, si es el hermano maestro de ceremonias, acompañado del hermano recientemente exaltado, decidle que pase y se sirva ocupar su puesto.- Tronó una voz grave, que detentaba autoridad y mando.

- Así se hará.-

A la luz mortecina, que apenas rompía el velo de las tinieblas, un hombre alto y delgado, en su madurez, caminó pausada, rítmicamente, en pos de la entrada del lugar.

Ésta, que se hallaba flanqueada por dos gruesas columnas, era guardada por otro hombre que, de la misma manera que quien se le acercaba, portaba una espada desnuda en su mano derecha.

Al llegar el primero frente a éste último, cruzaron sus miradas, y el guardián de la puerta abrió la misma, haciéndose a un lado para permitir salir al experto.

Fuera de la sala, dos hombres aguardaban. Uno joven, en sus treintas, de pelo y ojos oscuros, y como un metro ochenta de alto, se veía algo tenso. El otro, un hombre apenas más corto de estatura, pero en sus cincuentas, algo más rechoncho que su acompañante y visiblemente despreocupado.

El experto los miró como si no los conociera, manteniendo un gesto adusto, y dijo en voz fuerte y alta para que llegue a ser oída por los que estaban dentro de la sala:

- ¿Quién va? -

- Soy el maestro de ceremonias.- Contestó el más viejo de los dos, en el mismo volumen que su interlocutor.- y traigo conmigo al querido hermano recientemente exaltado.-

Desde dentro, el venerable maestro les contestó.

- Que pasen, que realicen la ceremonia, y ocupen su lugar.- lanzó, en tono perentorio.

- Así se hará.- dijeron al unísono el guardián de la puerta y el hermano experto.

El experto les hizo una seña a los dos hombres frente al umbral, y dando media vuelta, se adentró nuevamente en la habitación. El maestro de ceremonias miró al hombre que tenía al lado, y dándole un leve empujón, le indicó que iniciase la marcha. Su acompañante respondió en el acto envarándose y comenzando la marcha a un paso tenso, marcial, en dirección a la puerta.

Dentro, el guardián se hizo a un lado, mientras que el experto hacía otro tanto contra el lado opuesto, y al momento en que ambos hombres ingresaban al lugar, alzaron sus espadas sobre sus cabezas, chocando metal con metal.

La emoción embargaba al más joven de los hombres bajo la bóveda conformada por las espadas de ambos hombres a los costados de la puerta.

Su nombre era Roberto Bruno, aunque en ese lugar se lo conocía como Giordano Bruno. El lugar era el Gran Templo de la Masonería Argentina, el más famoso templo masónico del país. A pesar de que eran innumerables ya las veces que había asistido a tenidas masónicas en ese templo, en esta ocasión, de su exaltación al sublime grado de Maestro Masón, no podía – ni deseaba - evitar la intensa emoción que lo embargaba.

Sentía que, finalmente, tendría la oportunidad de ocupar una plaza en los mismos puestos que, en los 150 años que llevaba en pie la Gran Logia de la Argentina, habían visto pasar próceres de la talla de Domingo Sarmiento, Bartolomé Mitre, o más recientemente, Alfredo Palacios e Hipólito Yrigoyen, entre tantos otros que ocuparon el sitial del venerable maestro de ese gran templo.

El recuerdo de la innumerable cantidad de artistas;

músicos, pintores, escritores, de hombres de ciencia, matemáticos, físicos y químicos; ingenieros y arquitectos, abogados y doctores en medicina, en fin, hombres de todas las especies y formas de pensar y sentir y de concebir el hombre y el mundo que lo rodea, de todos ellos que habían pisado en ese lugar, que habían realizado sus trabajos masónicos allí mismo donde el hollaba en ese momento, impregnaba ese augusto templo con un egrégor indescriptible.

Y en esa ocasión solemne - más solemne no hay, podría decirse – en que un iniciado adquiere la mayoría de edad dentro de la Orden, el templo estaba en penumbra, acrecentando la sensación que lo embargaba. La atmósfera de la sala en ese momento era pesada, el aire que respiraba se sentía enrarecido, antiguo.

El ambiente penumbroso apenas permitía distinguir los rostros. Algunos, a pesar del rictus adusto con que le dirigían sus silenciosas miradas, eran reconocibles para él; eran sus hermanos de la logia. Sin embargo, algunos de los rostros no le eran familiares. "serán hermanos visitantes algunos, y algún hermano auditor de la Gran Logia" pensó Roberto. "No sea que los ritos de exaltación no sean cumplidos en todo rigor".

Ya había oído comentar en ocasión de la exaltación de otro hermano acerca de estas auditorías a que la Gran Logia sometía a sus logias federadas, con objeto de evitar exaltaciones impropias, que no se ajusten al ritual de manera rigurosa. Hasta entonces no le pareció relevante el comentario, pero hoy, la posibilidad de que alguno de los visitantes fuera un auditor le aportaba un extra de tensión y expectativa a lo que estaba sucediéndole.

Se hallaba Roberto junto a su acompañante, bajo la bóveda de acero conformada por las espadas de ambos hermanos a los lados de la entrada; el hermano guarda templo a la izquierda, y el experto a la derecha. Los gestos de ambos, adustos, inmutables. Miraban al frente, casi sin pestañear. Marciales.

El venerable maestro se levantó de su sitial, en el extremo opuesto de la sala, a tres escalones hacia arriba de distancia. Hizo una seña, y ambos, guarda templo y experto, con las espadas en alto, avanzaron un paso en dirección al sitial del venerable maestro.

Su acompañante le tomó la mano y dio un tirón hacia delante. A cada paso que daban, los dos hermanos con las espadas en alto los secundaban, manteniéndose por delante de ellos.

Así avanzaron hasta el antiguo altar en el centro del templo, donde descansaban los consabidos escuadra y compás entrecruzados, sobre la Biblia y los reglamentos de la logia abiertos.

Allí, el maestro de ceremonias soltó su mano y, tomando la espada y el lugar del guarda templo, lo suplantó. Entonces el venerable maestro sumó su espada flamígera a la bóveda, transformando ésta en un triángulo, la famosa pirámide masónica, con el ojo que todo lo ve que en esta ocasión le confería el grado de maestro.

El venerable lo miraba con suma seriedad mientras formulaba el terrible juramento que él debía de suscribir para ser aceptado como maestro masón. La piel de la nuca se le erizaba en ese momento final.

- ¿Estáis dispuesto a prestar este juramento que acabáis de escuchar, querido hermano? – su mirada seguía fija en él.

- Lo estoy, venerable maestro.-

- A La Gloria Del Gran Arquitecto Del Universo, en su nombre y en virtud de los poderes que me han sido conferidos, os consagro Maestro Masón de esta respetable logia Hiram Abiff número 357.-

Estaba consumado. La emoción contenida lo embargaba, y no pudo contener la amplia sonrisa que asomaba a sus labios. Habían sido largos años de estudios y trabajos para lograr alcanzar ese momento.

El venerable maestro dió entonces la vuelta al altar, y le dio el abrazo masónico, cálidamente; él había estado presente en su iniciación en la masonería, y había sido testigo y partícipe de sus progresos en la Orden. Su emoción era casi comparable a la de Roberto.

Momentos después, luego de las consabidas entregas del mandil de maestro y demás elementos acordes a su nuevo grado, el venerable maestro finalizó la tenida masónica y todos salieron a pasos perdidos, frente a las puertas del gran templo.

Entre el intoxicante humo de los cigarrillos que gran parte de los hermanos prendieron no más salir del templo, todos los hermanos presentes en la tenida se acercaron a saludarlo y felicitarlo. Los maestros pertenecientes a su logia se mostraron especialmente cálidos y efusivos en sus saludos. No pudo evitar pensar, con una sonrisa socarrona para sus adentros, que parte de esa calidez y efusividad se debían a que como maestro, ahora tendría voto y veto en todos los quehaceres de la logia. La política, como había llegado a descubrir con el tiempo, no era desconocida dentro de la Orden. En reiteradas ocasiones le habían llegado comentarios escuetos y rumores acerca de las encarnizadas votaciones que se hacían en la cámara de maestros, como se suele denominar a las reuniones masónicas de maestros solamente.

Se apoyó contra la pared de mármol de la sala circular en que se hallaban, y dejó descansar un instante su mente, sobrecargado con los símbolos de la ceremonia en que acababa de ser exaltado y consagrado como maestro masón..

II

"In principio erat verbum"
[En el principio era el verbo]. Juan 1:1

Aún se apoyaba contra la pared de mármol cuando el venerable maestro se aproximó a donde estaba.

- Querido hermano Roberto, quería felicitarte nuevamente por tu exaltación, así como por tu intachable comportamiento durante las pruebas previas a la misma.-

- Muchas gracias, venerable maestro.-

- Estamos fuera de la tenida ya, querido hermano, así que no es necesario que me llames así.- sonrió.

- Claro, por supuesto, querido hermano José.- le devolvió la sonrisa.

- Bien, adicionalmente, quería comentarte que, dado que ahora eres un maestro de la logia, y la nuestra es una logia que se toma muy en serio los estudios masónicos – enarcó las cejas como anticipando el peso de lo que iba a decir. – debo informarte que la cámara de maestros votó que como primer responsabilidad, deberás realizar una pormenorizada investigación y posterior informe, referidos a cierta leyenda relacionada al Gran Iniciado; San Martín.- lo miró como esperando que diga algo.

En verdad, Roberto no esperaba que ni bien acabara su ceremonia ya le endilgarían una responsabilidad, y menos aún de la magnitud que parecía tener aquella. No sabía que decir, y José no se hizo esperar.

- La leyenda en cuestión, indicaba que San Martín, al pasar por Londres camino a nuestras tierras, no se limitó a concurrir a todas las reuniones secretas que se le achacan, incluidas las numerosas reuniones masónicas con Alvear y los otros para discutir los planes de la futura revolución, si no que concurrió a alguna más.-

- Siempre aparece algo más que San Martín hizo antes de llegar aquí. Si seguimos así dentro de una veintena de años más descubriremos que San Martín refundó la masonería europea antes de embarcarse rumbo a América.- dijo Roberto con una sonrisa torcida.

- Mi querido hermano, te ruego tengas a bien tomar muy en serio lo que te estoy contando en la más estricta confidencialidad.- el tono perentorio de José lo puso en guardia.

- Por supuesto, querido hermano. Te pido excuses la impertinencia -

- Muy bien. Entonces continúo. La leyenda es que a San Martín le fueron dados en aquel entonces ciertos documentos extremadamente antiguos para que, oficiando de guardián de los mismos, los traiga a América.- hizo una pausa para tomar aire y continuó.- Las dos preguntas que ahora te estarás haciendo probablemente son qué documentos eran y por qué traerlos aquí ¿Verdad?-

- Creo, querido José, que expresas perfectamente mis dudas en este momento.-

- Pues saldemos ambas cuanto antes. Los documentos en cuestión eran, supuestamente, las cartas fundacionales de la masonería de todos los tiempos, incluyendo la carta constitutiva de la primer logia masónica.- miró fijo a Roberto.- antes de que lo preguntes; sí, es en serio, muy en serio. De cualquier manera, eso es todo lo que se sabe de los documentos. Su contenido específico más allá de lo dicho permanece ignoto.-

- ¿Y acerca del por qué traerlos aquí?-

- Si, claro. Eso es complicado.- Roberto sonrió. "Como si lo anterior no lo fuera". - Básicamente, querido Roberto, en ese entonces se estaban volviendo a fusionar las dos grandes logias de Inglaterra, como recordarás. Corría el año 1811 cuando San Martín arribó a Londres. Por entonces, los dos bandos masónicos en pugna en Londres, los "modernos" y los "antiguos" estaban negociando ferozmente los términos de la unificación. Les llevaría aún hasta el año1813 lograr un acuerdo.- José notó que Roberto no estaba entendiendo la dirección de su explicación.- Pues bien, lo que pasaba es que estos documentos eran pasto del fuego, como ya había pasado anteriormente con otros documentos masónicos que se habían destruido a principios de los mil setecientos, para evitar que cayeran en manos inadecuadas, según declararon sus destructores. Estos habían salvádose entonces, pero nadie apostaba que se salvarían esta vez. –

- Entiendo, pero ¿Por qué no enviarlos a los estados del norte?- preguntó Roberto.

- Sucede que, querido hermano, los que querían quemar los dichos documentos eran precisamente partidarios de las ideologías masónicas "modernas", a las que las ex colonias de la América del Norte eran afines.-

- Ajá. Entonces, por descarte, nos tocó en gracia salvaguardar los documentos genésicos de la Orden.-

- Así es. Es una linda historia ¿Verdad? – Roberto asintió.- Y lo mejor aún está al llegar, querido Roberto, porque algunos hermanos piensan que esta leyenda no es tal, y que aquellos legendarios documentos son muy reales y están esperando, dos siglos después, que alguien los saque a la luz.-

- ¡Increíble! El valor de dichos documentos, en caso de existir, sería incalculable. En todo sentido, masónicamente, e históricamente. Casi cualquier museo del mundo pelearía duro por conseguir semejante trofeo.-

- Así es, querido hermano, el valor de los mismos, como has dicho, es incalculable.-

- Pero, José ¿Cómo se supone que puedo aportar alguna luz a este tema? No conocía siquiera la leyenda hasta que la mencionaste hace unos instantes atrás. No consigo comprender cuál será mi aporte a esta investigación.-

- Felizmente, del archivo de la gran logia hemos podido extraer este opúsculo sin fecha cierta, que trata de dicha leyenda. Creemos, los demás hermanos de la cámara de maestros y yo, que tienes las cualidades requeridas para esta tarea.- miró fijamente a Roberto.- y con la ayuda de este documento que ahora te entrego, creemos que podrás realizar la tarea que te encomendamos.-

- Perdón, venerable maestro, pero creo que no entendí bien, acaso la logia pretende…- José no lo dejó terminar la frase.

- Lo que la cámara de maestros de la logia pretende es, ni más ni menos, querido hermano Roberto, que busques, y encuentres, los documentos descritos en la leyenda y que en este opúsculo se mencionan de manera enigmática.- le puso una mano en el hombro como infundiendo confianza.- Tenemos puestas nuestras esperanzas en ti. Imagino que te das una idea cabal de lo que dicho hallazgo podría significar para la Orden, universalmente hablando.-

- Me doy una vaga idea, y ya con eso me siento

abrumado ante tamaña responsabilidad.-

- No estarás solo, querido hermano. En caso de ser necesario, puedes llamarme en todo momento. Te ayudaré en todo lo que me sea posible. Sin embargo, debo pedirte que además de mí no trates esto con nadie más.- Ante la mirada azorada de Roberto, aclaró.- dado el potencial valor, en todo sentido posible, de estos documentos, temo que de difundirse su real existencia y que estás en su búsqueda, podría acarrearte, y consecuentemente acarrearnos a todos, más inconvenientes que beneficios.-

- Claro, por supuesto. Así lo haré, venerable maestro.-

- Bien, bien. Siendo, querido hermano, que he cumplido mi obligación de informarte de esta tarea, me despido de ti con un abrazo fraterno.- Y dicho lo cual se dieron el característico abrazo masónico.

El venerable maestro parecía satisfecho con el resultado de la breve charla con Roberto. Le dio la mano, y dando media vuelta se alejó en dirección a otro hermano que estaba fumando un cigarro oscuro y fino, que lanzaba densas nubes de humo acre.

Roberto miró en derredor. A pesar de lo asombroso que pueda parecer, en medio del tumulto que había en la antesala en ese momento, nadie había notado la charla del venerable maestro con Roberto, ni el documento que aquél entrego a éste para iniciar su tarea.

Lo miró brevemente, incluso como casualmente,

temeroso de que alguien lo notara y le preguntara qué era. Parecía antiguo, o bien muy descuidado. El papel estaba extremadamente amarronado, con manchas en todos los lados de las hojas. El título, en letras de estilo gótico, rezaba "La Logia de San Juan".

Unos hermanos le llamaron la atención para que se acercase a recibir sus felicitaciones, por lo que se guardó el pequeño librito en uno de los bolsillos internos del saco y se acercó a saludar..

CONSTANTINO ENEAS

III

"In ipso vita erat et vita erat lux hominum"
[En él estaba la vida, y la vida era la luz de los hombres]. Juan
1:4

Era ya pasada la medianoche cuando Roberto finalmente salió del palacio Cangallo, como se solía llamar al edificio principal de la Gran Logia de la Argentina, ubicado sobre la calle Perón en el número 1242. La calle antiguamente se llamaba Cangallo, y de ahí el nombre que recibe coloquialmente aquel edificio.

La velada se había extendido luego en la tenida masticatoria, es decir la cena entre hermanos masones luego de que los trabajos en el templo han finalizado. Se sentía un poco mareado, dado que había tomado una copa extra de vino tinto, además de los consabidos brindis rituales. En realidad, una única copita ya era extra; acostumbrado como estaba a no tomar alcohol, un poco de vino era suficiente para producir aquel mareo. Él era un hombre de té, como le gustaba decir; no tomaba demasiadas bebidas gaseosas. Los jugos generalmente eran exprimidos y únicamente en las colaciones, por lo que comúnmente su bebida era o bien agua, o té. Caliente para desayunar o merendar, y frío, bien frío, para acompañar alguna comida durante el día, o bien si la tarde era calurosa.

Era un hábito que había heredado de su abuelo materno, con quien se había criado. Al viejo le apasionaba el té; era un recuerdo agradable el de aquellas tardes veraniegas de su infancia en que el abuelo preparaba té helado con bizcochos para ambos, y se sentaban bajo la sombra de la parra del jardín a saborearlos. Nunca consiguió que el té saliera con el sabor con que lo preparaba su abuelo.

Todo eso venía a cuenta de que sentía la garganta bastante pastosa. ¡Lo bien que le vendría un té en ese momento! Pensaba mientras hacía señas a un taxi que pasaba frente al lugar.

Subió, le indicó al conductor su domicilio, y se acomodó en el mullido asiento trasero con intenciones de dormitar todo el trayecto. Pero no pudo. Con su abuelo, aunque no siempre sucedía, esta vez vino el recuerdo de sus padres. Borroso, pero siempre doloroso.

A sus padres les gustaba el orden y la calma, según palabras de su abuelo. No eran personas que tomaran riesgos innecesarios. Sin embargo, la suerte no estuvo de su lado un día en que volvían de la costa, y tuvieron un fatal accidente en la ruta número dos, en las afueras de la ciudad de La Plata, de camino a Buenos Aires luego de las vacaciones. El tenía en aquel entonces cuatro años; iba en el auto cuando todo ocurrió.

Salió volando por la ventana y aterrizó en el pasto al costado de la ruta, con apenas algunos golpes y raspones. Al parecer, un grueso y tupido arbusto había acolchado el impacto. Era un milagro, dijeron los paramédicos. A veces pensaba que no, que no había sido otra cosa que una condena. Una condena a la amarga añoranza de aquello que había perdido irremediablemente.

Eso, en parte, era lo que lo había atraído de una manera cuasi mesmérica a la Orden. Las leyendas de aquello que se había perdido y no se podía recuperar, y la compleja operación del reemplazo, con la esperanza de alguna vez recuperar aquello que estaba perdido. Esas leyendas, mezcladas con las leyendas griálicas y templarias, habían ejercido un magnetismo que no pudo manejar; así llegó a golpear las puertas del templo.

Había profundizado en la temática de los arquetipos de Carl Jung, aquel famoso psicólogo suizo que había desarrollado la teoría del inconsciente colectivo. Sin embargo, a pesar de que creía entender al menos en parte la mecánica psicológica, si es que semejante metáfora puede ser utilizada, que se hallaba detrás de las leyendas masónicas, y a pesar de comprender en alguna medida cómo éstas lo afectaban, seguía prendado, solo que conscientemente, de aquella sagrada búsqueda, que ocurría simbólicamente en el templo masónico, pero que en realidad se desarrollaba en su interior.

Le vino entonces a la mente el recuerdo de una historia de las que solía contar reiteradamente su abuelo, en las tardes de té helado bajo la parra.

"Un Viejo jefe Toba estaba instruyendo a su nieto acerca de la vida...- Una lucha está ocurriendo dentro mío.- le dijo al niño. - Es una lucha terrible y es entre dos lobos. Uno es malvado; él es la ira, la envidia, el pesar, el arrepentimiento, la avaricia, la arrogancia, la autocompasión, la culpa, el resentimiento, la inferioridad, la mentira, el falso orgullo, la superioridad, la duda de sí mismo, y el ego. El otro es bueno, él es alegría, paz, amor, esperanza, serenidad, humildad, amabilidad, benevolencia, empatía, generosidad, verdad, compasión, y fé. Esta misma lucha está sucediendo dentro de ti, y dentro de todas las demás personas también.-

El nieto meditó un rato acerca de lo que le había dicho su abuelo, y luego le preguntó: - ¿Y qué lobo ganará?- El viejo jefe le respondió: - Aquel al que alimentes.-".

Roberto sentía a veces a los lobos en su interior, desgarrándose en una eterna lucha, no por prolongada menos sanguinaria. A veces casi sentía los zarpazos del lobo malvado clavando sus afiladas uñas en su pecho.

El abuelo lo recibió luego del accidente de sus padres. Era sólo él, dado que Ana, su abuela materna, había muerto al dar a luz a su madre. La crianza fue algo ardua, debido a que el viejo era taciturno a ultranza. Parco, un poco tosco, y poco propenso a las bromas. Sin embargo, era descomunalmente bueno. Nunca pudo negarle nada, por lo que se crió un poco mimado por demás. Por ejemplo los libros.

Desde pequeño se interesó por la lectura. Le fascinaban las fábulas que su abuelo le leía para dormirse por las noches. El viejo lo notó, y no dejó pasar la oportunidad. Despacio, fue enseñándole a leer. Roberto, a sus cinco años, estaba maravillado ante la posibilidad que le presentaba su abuelo de poder leer él mismo esas historias fantásticas.

En cuanto aprendió a leer al menos precariamente, su abuelo, que gustaba de la carpintería como un pasatiempo para su retiro, le fabricó una linda biblioteca de clara madera de álamo. Inmediatamente comenzó a poblarla con fábulas primero, pequeños cuentos luego y, a medida que Roberto crecía, con textos cada vez más complejos. Los cuentos dejaron paso a las pequeñas novelas juveniles. Luego llegó el momento de las ficciones algo más elaboradas, y finalmente en su tierna adolescencia, el momento cumbre en su aprendizaje literario se hizo realidad.

Recordaba aquel día, como uno de esos instantes

dorados en la vida de una persona, esos momentos que tuvieron un significado especial, que marcaron y determinaron en cierta medida todo lo que vino después. Al cumplir sus quince años, su abuelo le regaló dos libros que a partir de entonces serían sus libros de cabecera; La República, de Platón, y la Crítica de la Razón Pura, de Immanuel Kant.

Posteriormente completaría su trilogía de cabecera con El Hombre y Sus Símbolos, de Jung, pero en ese entonces esos dos libros magníficos le revolucionaron la mente. Acostumbrado a las ficciones, se maravilló de la profundidad y riqueza que podían alcanzar esos grandes maestros del ensayo. Leía y releía, intentando comprender las complejas ideas expuestas en los mismos. A partir de entonces, y durante un largo tiempo – casi hasta su paso a la inmortalidad.- su abuelo vio trocadas las tardes de té helado en series interminables de preguntas y respuestas acerca de la interpretación de las ideas más complejas contenidas en esos textos.

Suspiró con añoranza. Extrañaba a ese viejo loco, loco. El taxi ya casi llegaba a su casa; faltaban unas pocas manzanas. "Casa", era un eufemismo para un departamento diminuto en el barrio de Boedo, donde vivía desde que su abuelo falleciera.

No había tenido la fortaleza de permanecer un día más en casa luego de su muerte. Se fue unas noches a dormir a la casa de su gran amigo de la infancia, Jaime. Se buscó un departamento para alquilar, y no volvió a pisar la casa de su abuelo hasta el momento de ponerla en venta, un buen tiempo después, en que, acompañado de Jaime, fue a retirar las pertenencias más personales y familiares de su abuelo, además de sus elementos más queridos y por supuesto, su biblioteca, desarrollada gracias a su abuelo a lo largo de muchos años. Nunca más regresó.

El taxista se detuvo frente al edificio. Pagó y bajó, recibiendo con agrado el fresco aire de la madrugada en el rostro.

IV

"in principio creavit Deus caelum et terram"
[EN *el principio crió Dios los cielos y la tierra*]. Génesis 1:1

El ascensor paró en el séptimo piso con un chirrido indicador de falta de grasa. "Cualquier día se va a caer uno de estos ascensores. Espero no estar dentro cuando ocurra". El edificio adolecía de escaso mantenimiento; eso no era una novedad. Tampoco se podía esperar demasiado con lo magro de las expensas que el consorcio de propietarios estipulaba para el cuidado del mismo.

Caminó el breve pasillo hasta la puerta de su departamento, el "B". Daba al interior de la manzana, lo que lo hacía bastante oscuro y falto de ventilación. A pesar de ello, Roberto lo mantenía en un estado de agradable pulcritud.

Abrió la puerta del departamento. Se ingresaba a un living bastante amplio, de unos seis metros de largo por tres y medio de ancho, en el cual había acomodado de manera sobria una mesa de roble con seis sillas, y un sillón amplio frente a un televisor también amplio, puestos a lo largo del ambiente.

La puerta de entrada estaba ubicada sobre uno de los extremos, contra un costado. A lo largo de los seis metros inmediatamente aledaños a la puerta, había una sencilla biblioteca de madera de álamo, repleta a rebosar de libros, de todos los tipos, tamaños y calidades. Era la biblioteca fundada por su abuelo, y continuada por él cuando se pudo financiar la compra de sus propios libros. Larga, inmensa era la lista de títulos que la componían; desde las viejas fábulas que su abuelo le leyera cuando pequeño, pasando por las novelas juveniles de antaño, hasta las joyas de la literatura clásica, como su trilogía de cabecera, y tantos otros.

En una sección aparte se hallaban sus libros de estudio de arquitectura. En un estante, el superior, los libros de estudio que no utilizaba comúnmente. En el estante del medio, los libros de consulta, ajados y desgastados por el manoseo intensivo al que con frecuencia estaban sometidos.

Roberto había sentido desde pequeño una fascinación por el arte constructivo. Su abuelo había sido arquitecto, al igual que su padre. Aunque poco recordaba del trabajo de éste último, el peso de ese legado familiar caló hondo en su espíritu. Además, sentía una maravilla respecto de la idea de construir edificaciones que probablemente sobrevivirían a los hijos de sus hijos. Por otro lado, era algo tan intenso, ver crecer las estructuras, luego las paredes, por último los revestimientos y las terminaciones de las construcciones que ejecutaba.

Sin embargo, el momento mágico de todos sus proyectos era el inicio. El génesis. Allí, con la primera hoja en blanco, se sentía invadido de una pasión divina. Era en ese momento, en un sentido humildemente limitado y humano, pero no por ello menos intenso, como el Gran Arquitecto Del Universo, aquel concepto famoso con que la masonería universal definía su noción de Dios.

En esos instantes mágicos en que esbozaba los primeros trazos del bosquejo, estaba creando de la nada, aún con patrones conocidos, con estilos previamente concebidos. Por encima de todo aquello, ese proyecto era único, y él volcaba en el mismo toda su capacidad y su devoción por lo que hacía. Y la magia, entonces, sucedía. Los trazos comenzaban a salir de sus dedos, con fuerza y belleza, y gracias a los arduos años que le llevó adquirirla, con la sabiduría necesaria para crear proyectos a la vez viables y bellos.

Era un desafío constante; crear proyectos que a la vez pertenezcan a dos mundos; el profano, y el sagrado. Ponía toda su voluntad al servicio de diseñar a la vez mundanamente y sagradamente, o sea, que el diseño fuera viable económica y funcionalmente, y que a la vez su estructura, proporción y estilo estén en armonía con aquello que él entendía que eran formas sagradas. La divina proporción, esa constante tan bastamente hallada en la naturaleza y luego reproducida en todas las formas de arte existentes, actuaba como eje rector de sus proyectos.

Uno de sus profesores en la universidad constantemente hacía referencia a la importancia de las calificaciones técnicas de los profesionales a la hora de realizar un proyecto. Sus conocimientos, su experiencia previa, o la habilidad de utilizar o combinar las distintas técnicas disponibles para confeccionar los planes iniciales de una obra.

Sin embargo de todo esto, hacía falta algo más. Un profesional con todas las características mencionadas, decía su profesor, podía realizar competentemente proyectos de arquitectura, sin embargo, nunca sería considerado un gran arquitecto. Para esto último, hacía falta de la gracia divina. Se requería el componente artístico de la inspiración. Sin el toque de la inspiración, ninguna gran obra podría ser jamás realizada. Y ningún conocimiento teórico o técnica conocida pueden proveerla.

Él la tenía. Cuando se sentaba frente a la hoja en blanco, algo le dictaba la idea rectora del proyecto. Se producía un Fiat Lux[1], y entonces, como por ars mágica, se generaba el orden en el caos, y una nueva creación nacía al mundo.

Volviendo a la realidad, dejó el abrigo en el perchero de madera que había tras la puerta, sacando antes el delgado y frágil librito que le diera el venerable maestro, referido al tema de su tarea.

Depositándolo en la mesa baja entre el televisor y el sillón, se dirigió a la cocina, en busca de un poco de agua fresca con que calmar la espantosa sed que sentía ya desde que había salido del templo masónico. Con el vaso en la mano, caminó todo el largo del living de vuelta al sillón, y se lanzó más que se sentó, debido al cansancio, que comenzaba a vencerlo.

Luego de calmar los calores infernales de su garganta, tomó el libro, y comenzó a leerlo desde el principio. Estaba escrito por "Primo Frater"; primer hermano, un evidente seudónimo alusivo al contenido del documento. Así es que este primer hermano iniciaba su discurso narrando más o menos lo mismo que le dijera el venerable maestro, en relación con la época en que estos documentos fueron dados al gran iniciado para su salvaguarda en esta parte de América.

Luego continuaba indicando que San Martín, al llegar a estas tierras, se reúne con otros hermanos masones que ya trabajaban aquí, entre ellos el doctor Julián Álvarez, en ese entonces venerable maestro de la Logia denominada "San Juan de Jerusalén de la Felicidad de Esta Parte de América", comúnmente nombrada como Logia de San Juan.

Hasta allí el texto enuncia a la manera de una crónica, como una serie de hechos apoyados en pruebas en las que se fundamenta el relato. Pero desde allí en adelante, se difumina el tono en vagas teorías, y sus variantes y alternativas. Aduce que, posiblemente, los documentos en cuestión hayan sido revelados a la cámara superior de la logia de San Juan, lo cual es imposible de probar, dado que las logias operativas revolucionarias de aquel entonces no llevaban virtualmente ningún registro escrito, para salvaguardar la seguridad de sus integrantes.

Esa era la posibilidad a la que el autor daba prioridad. Luego de que San Martín sometiera a la voluntad de la cámara de maestros de dicha logia el destino de dichos documentos, se menciona que los mismos quedaron en poder de San Martín hasta fines de ese año, en que lidera el movimiento que derroca al primer triunvirato, momento en el cual, dado el altísimo nivel de exposición de San Martín, los mismos son cedidos para su guarda a un maestro de confianza de la logia Lautaro, que ya por aquel entonces estaba en pleno funcionamiento.

Es allí, en ese cambio de ámbito entre la vieja Logia de San Juan y la Lautaro, donde se difuminan los hechos más o menos concretos y comienza la leyenda. El nombre de aquel hermano que recibió los documentos quedó en el misterio; no hay documentos que consignen, de hecho, que dicho traspaso se produjo realmente, razón por la cual existen teorías respecto de que los mismos podrían haber seguido en poder de San Martín hasta mucho más tarde, y ser entregado a algún hermano de la logia Lautaro de Cuyo, antes de cruzar la cordillera de Los Andes, mientras San Martín aprovisionaba y realizaba leva en

Mendoza.

Por supuesto, dado que tampoco podría probarse de manera alguna concluyente que fuera en aquel momento cuando se produjo la dicha transmisión de los documentos, podría conjeturarse que la misma se realizó en otro momento. Todavía quedaba, por ejemplo, para citar una posible ocasión entre tantas, su reunión con su querido hermano Bolívar, antes de partir al exilio; allí mismo, en la secreta reunión que mantuvieron, podría haber entregado los documentos al gran general venezolano.

Parece ser un evento ideal para una cosa así, pensó Roberto. Conocía de oídas la fama que tenía la mentada reunión de Guayaquil entre San Martín y Bolívar. Nadie supo nunca a ciencia cierta lo que se habló en aquella reunión, dado que fue mantenida estrictamente entre ellos dos, sin ningún edecán o cualquier otro secretario presente, nadie que tome notas ni nada parecido. Con el tiempo, se tejieron diversas conjeturas acerca de lo discutido en la ocasión. Indistintamente de las motivaciones políticas que dirigieron el curso de dicha reunión, el carácter secreto de la misma permite suponer la posibilidad de aprovecharla para objetivos masónicos.

Roberto suspiró, volviendo del reconcentrado ensimismamiento en que se hallaba inmerso, y apoyando el documento en la mesa baja, se paró, acercándose a la ventana, a mirar la madrugada estrellada, y darle unos instantes de descanso a su mente, del tenso ejercicio de exégesis al que estaba avocada hacía ya un buen rato.

Se daba cuenta de que todas esas conjeturas iban a ser muy difíciles de seguir, a menos que contara con alguna ayuda instruida profundamente en la historia americana de aquel entonces. Alguien como su querido amigo Jaime, profesor de historia, y aficionado a la época de la revolución americana en particular.

Tendría que llamarlo. Miró el reloj, era bien entrada la madrugada. Su amigo debía estar profundamente dormido, dado que no era afecto a las actividades nocturnas. Sin embargo, era soltero, y vivía solo, y era como un hermano para él, por lo que no se detuvo demasiado en consideraciones.

Tomó el teléfono inalámbrico de un estante sobre la biblioteca, y mientras marcaba el familiar número, se sentó nuevamente en el sillón. Mientras con una mano sostenía el teléfono, con la otra hojeaba el opúsculo escrito por el querido hermano Primo. La voz soñolienta, aunque familiar, que lo atendió del otro lado, sonaba exasperada.

- Si no tuviera la detección del número telefónico, y supiera de quién proviene la llamada, ya estaría enviándote al séptimo círculo del infierno.- hizo una pausa.- Maldito sádico.- bostezó frente al tubo.- bueno, imagino que debe haber una increíblemente buena razón para esta llamada.-

- Diría que estás en lo cierto.- contestó Roberto en

tono risueño.

- Bien, en tal caso, lo mejor será que desembuches cuanto antes. Soy impaciente por naturaleza, y eso no mejora cuando me despiertan de madrugada.-

- Entonces, allí vamos.-

Roberto le comentó, lo más sucintamente posible, omitiendo los detalles y nombres, lo esencial de su necesidad de ayuda. Básicamente, le dijo que había una famosa leyenda que podría no ser tal, y que contaba con un antiguo documento que tenía información al respecto. Fue suficiente para que Jaime se despertara del todo. Le dijo que salía para su departamento en unos instantes, y que preparase su brebaje predilecto para reunirse a revisar esa leyenda.

Notas:

1. Hágase la luz, aunque a veces, como en este caso, se utiliza en referencia a la primera luz, dado que se refiere al tercer verso del libro del Génesis de la Biblia.

CONSTANTINO ENEAS

V

"He convocado al Congreso para presentar ante él mi renuncia y retirarme a la vida privada con la satisfacción de haber puesto a la causa de la libertad toda la honradez de mi espíritu y la convicción de mi patriotismo. Dios, los hombres y la historia juzgarán mis actos públicos." José de San Martín (carta a Bolívar. Lima, 10 de septiembre de 1822)

Jaime se levantó a regañadientes de su cama. "Mejor que sea un enigma muy bueno. Debe serlo, para que Roberto me moleste a esta hora". Bostezó frente al espejo del baño. Se lavó la cara. Se miró un poco más de cerca al espejo. Le devolvió la mirada un rostro algo demacrado, y más avejentado de lo que hubiera deseado. Le estaban apareciendo montones de arrugas alrededor de los ojos.

Y mejor ni hablar de sus escasos bellos capilares. La cabeza cada vez más desnuda, asomaba bajo la rala cabellera castaña. La frente, con entradas cada vez más amplias, aunque aún no se le hacía el hueco de la coronilla. Al menos no tenía aún la tonsura obligatoria, como solía llamarla jocosamente. Debido a estas dificultades capilares y a que se sentía un tanto acomplejado al respecto, se dejaba el pelo bastante largo, poco menos que hasta el cuello, intentando disimular con la longitud de su pelambre la escasez numérica de los mismos.

Refunfuñando, volvió hacia el dormitorio, en busca de las mismas prendas de vestir que usara el día anterior. No tenía interés ni de hecho, dada la somnolencia que aún lo gobernaba, capacidad de ponerse a buscar ropa limpia. Se limitó a ponerse maquinalmente las prendas que había sobre una sillita de madera oscura al pie de su cama, donde habían quedado por la noche cuando se acostó.

El clima tenazmente húmedo y recargado de aquel incipiente verano había dejado su ropa algo maloliente, por lo que, ya de camino a la puerta de calle, se acercó al baño, y la roció con una generosa cantidad de desodorante. Sonriendo pensando en los improperios que le dirigiría su amigo cuando le contara lo del desodorante, se dirigió a casa de Roberto.

Ya en la calle, dado que su casa estaba sobre la avenida Cabildo, no tuvo que esperar mucho para encontrar un taxi en esa perpetuamente concurrida avenida. El microclima de la avenida Cabildo durante la época estival era semejante al del barrio de San Telmo; siempre bajo una febril actividad. Era aquella magia la que daba a Buenos Aires el internacionalmente famoso apodo de "la ciudad que no duerme".

El taxista resultó ser un extranjero, oriundo de Paraguay, de nombre Alcides, que se había radicado en argentina recientemente, viviendo solo en una pensión en el barrio de La Boca, y que enviaba a su familia, allende la frontera norte, el producto de su trabajo, el cual ellos estaban usando para construir en su tierra añorada una casa propia.

De todo eso se enteró en el rato que le llevó a aquel hombre conducir el auto hasta San Juan y Boedo, legendaria esquina mencionada en el famoso tango del querido hermano Homero Manzi. Pagó el viaje a Alcides y se bajó del taxi.

Sonrió para sus adentros. Eso de "querido hermano" se le había pegado de Roberto, que lo enunciaba maquinalmente cuando hablaban en confianza. A él, que no había ingresado a la masonería, ese apelativo le había resultado chocante, casi al estilo de los fanáticos evangelizadores de alguna exótica religión minoritaria.

Luego Roberto le había explicado el significado que se daba al uso exacto de las palabras en la masonería. En particular, le ilustró el sentido multifacético del "querido hermano"; podía entenderse desde el punto de vista de que era un saludo entre hermanos masones, dado que se trata de una hermandad; o bien, de que eran hermanos humanos, dado que la masonería propone la hermandad universal de los seres humanos.

No terminaba de congeniar esos planteos filosóficos con aquellos apelativos cuasi tribales, pero bueno, dado que a Roberto parecían resultarle confortables, había adoptado una postura más aplacada al respecto, y se conformaba con alguna cordial mofa de vez en cuando.

Tocó el timbre, y una voz crujiente, que no podía ser otra que la de Roberto, le dijo que esperase. Instantes después, su amigo le abría la puerta del edificio. Se saludaron con una sonrisa. Incidentalmente, hacía un par de semanas que no se veían, y esta providencial cuestión del documento era una excusa perfecta para, té de por medio, saldar las semanas de falta de noticias. Luego de los saludos acostumbrados, se dirigieron al ascensor.

- Jaime, antes de comenzar a consultarte respecto del tema que te adelanté por teléfono...- Jaime lo interrumpió.

- Bueno, en realidad, eso de adelantar, la verdad, mucho que digamos no adelantaste. Fue más bien algo así como una extraña mezcla entre acertijo y trabalenguas.- sonrió con sorna.

- Je je je, bueno, ahora que lo planteas de esa manera... sí, puede ser que haya sido algo vago en mi descripción.- Jaime arqueó una ceja con talante irónico.

- ¿Sólo un poco? Bueno, dejémoslo así. Ibas a decir algo antes de empezar a consultarme...-

- Sí, este tema de la leyenda, es relacionado a la

Orden. Se me indicó que guarde estricto secreto respecto de ello, pero tengo plena confianza en ti. Pero te aclaro que todo lo que hablamos es exclusivamente para tus oídos y los míos, y los de nadie más.- Lo miró muy serio.

- Claro, claro, por supuesto. Siempre con estas conspiraciones masónicas.- dijo risueño. Lanzó una risotada al ver la expresión que ponía Roberto.- ¡Ja ja ja! ¡Pero mi querido Roberto, esto es una desfachatada broma! ¡No la tomes a mal!-

- No lo hago...- no sonaba del todo convencido, pero prefirió dejar la chanza pasar.-

Bajaron del ruidoso ascensor y se adentraron en el departamento de Roberto. Jaime fue a sentarse en el sillón. Roberto le indicó el libro, que había quedado sobre la mesita frente al mismo. Mientras Jaime, silbando con aire apreciativo, tomaba el librito y lo ojeaba, Roberto se dirigió a la cocina.

Había dejado la pava en la hornalla mientras bajaba a abrir la puerta a su amigo, por lo que ahora disponía de agua bien caliente para el té. Rápidamente, con la práctica de la cotidianidad, preparó una tetera de té bien intenso, y con una bandeja en la que ya había ubicado todos los enseres necesarios, incluida una buena ración de scones, se dirigió al living, listo para el análisis de la intrincada leyenda.

VI

"Sapere Aude" [atrévete a saber].
Quintus Horatius Flaccus [Horacio]

- Si esto es auténtico, como parece que es, sea o no fidedigno su contenido ya per sé es fantástico.- Lo atajó Jaime mientras traía la bandeja del té.

- Claro, imagino que ese opúsculo de por sí debe tener buena cantidad de años de antigüedad.-

- Sí, el sistema de impresión parece ser de principios de los 1900's, pero habrá que estudiar mucho el librito para poder determinarlo con cierto grado de rigor.-

- Muy bien. Antes, profesor, le sugiero que estudie los scones- señaló la bandeja.- porque mi estómago famélico no planea dar cuartel a los mismos...- sonrió.

- En ese caso, habrá que hacer los honores cuanto antes.-

Dicho lo cual dedicaron unos momentos a atacar vorazmente el plato donde Roberto había colocado una docena de scones, que desaparecieron como por ensalmo. Mientras eso sucedía, Jaime seguía ojeando el texto, mientras Roberto, apoltronado en el mullido sillón, se relajaba hasta los lindes del sueño.

Cuando el plato de los scones quedó desnudo de su contenido, Jaime se paró y fue hacia la ventana. Miró un rato por la misma. El cielo ya no estaba tan oscuro como hace un rato. Debían de ser las cinco de la mañana. En esa época ya casi plenamente estival, la noche era vencida más tempranamente por el astro rey. Se escuchaba a lo lejos el canto de las primeras aves.

Jaime se sentía halagado de que su amigo Roberto confiara en él en una cuestión masónica de estricto secreto. Sabía que ese sentimiento era un poco tonto, resultado de alguna especie de celos que sentía hacia la Orden y sus miembros. A veces, parecían comportarse como si se sintieran elegidos por algún dedo sagrado. Otras veces, sin embargo, sentía una energía positiva muy intensa que emanaba de los hermanos de su amigo. A pesar de lo contradictorio de esas sensaciones, sólo eran eso; sensaciones. No tenía ninguna base fáctica sobre la cual desarrollar esas ideas. Sin embargo, a veces se sentía excluido de ciertos temas cuando Roberto invitaba a algún hermano y él estaba presente. Se daba cuenta de lo infantil de ese mecanismo, pero sin embargo no conseguía romper del todo con él. Así que ahora se sentía vencedor. No había confiado en algún hermano, si no que había venido a pedir ayuda a su mejor amigo.

Acostumbrado como estaba a la extrema franqueza con su amigo, Jaime se volvió a sentar en el sillón y le explicó lo que estaba pensando. Los dos se rieron un buen rato. Esa sinceridad brutal era lo que permitía que dos hombres tan disímiles pudieran mantener una amistad de tantos años.

Roberto era místico, religioso, esoterista y reflexivo. Jaime por el contrario, era racionalista, agnóstico e impulsivo. Eran como agua y aceite, en definitiva. Su amistad nació en su infancia, en la escuela primaria, y gracias a ese complemento que nacía entre los dos, hicieron desde entonces una gran amistad. En aquel entonces, Jaime defendía a Roberto de sus compañeros de escuela más violentos físicamente, y Roberto ayudaba a Jaime con los conceptos más difíciles de las matemáticas o de la lengua.

- Bien, volvamos al documento.- Roberto lo tomó de la mesa y se lo pasó a su amigo.

- Sí. Te decía hace unos momentos que a primera vista parece auténtico. Al menos no percibo signos de que se haya forzado el desgaste del papel, así como el tono oscuro del mismo debido al paso de los años.- miró a su amigo.- ¿De dónde lo sacaste?- Roberto sonrió.

- Como ya te había adelantado, esta noche he sido exaltado al sublime grado de Maestro Masón.- Ahora tocó a Jaime sonreír.

- ¡Pero que título tan teatral! "Sublime", jejeje ¿No

pecará acaso de exceso semejante apelativo?-

- No podría entrar en detalles, pero no es caprichoso lo de sublime.- sonrió de nuevo.- Bien, como te decía, esta noche recién acaecida me fue conferido dicho grado. A continuación de la ceremonia, la cámara de maestros de mi logia, que es su organismo rector...-

- Claro, si, me dijiste en una ocasión que en una logia la cámara de maestros es como el congreso, el venerable maestro el poder ejecutivo, y el hermano fiscal es el poder judicial. Una democracia tripartita perfectamente constituida.-

- Sí. Bueno esa cámara me ha designado para realizar la tarea de encontrar los documentos que se mencionan en este opúsculo.-

- Ajá. ¿Y de verdad creen que existen realmente? No pueden fundamentarse solamente en este opúsculo, por muy auténtico que sea; podría ser una bella fábula; escrita hace mucho, sí, puede ser; pero no por eso menos potencialmente fantasiosa.-

- Claro. Realmente no han sido lo que se dice plenamente directos y claros en lo que me dijeron.-

- Lo cual no es una gran sorpresa ¿Verdad?- hizo una sonrisa sarcástica

- Es verdad, a veces las cosas dentro de la orden son un poco arduas de discernir. Parecería que es parte del aprendizaje iniciático; el poder separar la paja del trigo; o sea, el discernir entre lo espurio y lo verdaderamente útil.- sonrió como forzadamente.- en este caso, fue el venerable maestro el que se acercó a darme la tarea, con la única ayuda de este documento aquí presente, y sin más datos que puedan corroborar la realidad de los dichos documentos.-

- Bien. Debemos entonces fundamentar nuestra teoría operativa en que la leyenda puede ser real, aunque la única prueba que tenemos de ello es este opúsculo escrito por el tal Primo Frater.- enarcó una ceja.

- De acuerdo. Revisemos en detalle los hechos narrados en el opúsculo del primer hermano.-

- Vaya uno a saber cómo se llamaría el primer hermano.- bromeó Jaime.

Tomaron más té, hasta finalizar la tetera. Luego Roberto se fue a la cocina y volvió con una nueva ración de té y de scones, aunque estos últimos tardaron mucho más en desaparecer que en la primer ocasión.

El texto, como ya había podido comprobar Roberto por sí solo, era complejo, con largas hiladas de hechos conectados, que daban lugar a distintos caminos alternativos, y luego se explayaba en cada uno hasta agotarlo. Era por momentos difícil seguir el hilo de suposiciones que se hacían en el mismo. Jaime, más experimentado en el análisis de ese tipo de textos al estilo de una crónica, le pidió papel y lápiz y, comenzando desde el principio, diagramó un grafo de relaciones entre personajes y hechos, para intentar comprender mejor las relaciones establecidas allí.

Pasó un buen rato antes de que Jaime o Roberto

volvieran a hablar, ensimismados como estaban; uno en la construcción del grafo de relaciones; el otro observando las relaciones que su amigo anotaba en el papel mientras oficiaba de maître, calentando el agua de la tetera, renovando el té, o recargando el plato de los scones.

En un momento Jaime dio un sonoro respingo. Roberto volvía de la cocina una vez más. Su amigo levantó la vista sorprendido.

- Roberto ¿No proseguiste la lectura hasta el final del texto, verdad? – había un tono burlón en la voz de Jaime que lo puso inmediatamente sobre aviso.

- No, no lo hice. ¿Qué encontraste?¡No se te ocurra jugar a las adivinanzas!¡Qué es!- Jaime empezaba a sonreír picarescamente.

- Si te dijera tan rápido no tendría gracia, ¿Verdad?-

- ¡Por amor de dios, Jaime, no hagas que te tire de cabeza los siete pisos!- Roberto tenía poca paciencia para ese tipo de juegos. El problema radicaba en que su amigo sabía de esa debilidad.

- Jejeje, no va a ser necesario, querido amigo. – hizo una mueca.- de hecho, sé tan poco como tú de lo que voy a decirte.- hizo un gesto teatral.- estaba llegando al final del texto, y en las últimas páginas me encuentro con que, sobre el borde en blanco inferior de cada página hay un caracter. Los estuve copiando, y al parecer no tienen sentido. Quizás se trata de algún tipo de error.-

- Muy bien, a ver esos caracteres Jaime. Quizás se

me ocurra algo.-

Su amigo giró la hoja en la que estaba tomando las últimas notas. Había una larga serie de caracteres. Roberto esbozó una amplísima sonrisa no bien pudo leer la serie de caracteres: "Fundataestsuprafirmampetramutportetnomeneiuscor amgentibus".

- Mi muy estimado Jaime, me vas a tener que permitir una cachetada intelectual, pero hoy parece que no estás en tu mejor día.- Jaime arqueó las cejas.

- No consigo imaginarme lo que vas a decirme, pero te anticipo que mi flojera mental podría deberse.- teatralizó el tono, con un sonsonete como el de un presentador.- aunque quizás no sea así, al hecho de que mi más estimado amigo tuvo la ocurrencia de levantarme a los gritos por teléfono en medio de la madrugada.- ahora fue el turno de Jaime de ampliar su semblante en una sonrisa casi feroz

- ¡Touché! Bien, eso que está ahí no son caracteres sin sentido. Quizás por la somnolencia que aún prevalece, quizás porque las copiaste maquinalmente y no volviste a leerlas, pero esas letras son famosas, muy famosas, tanto en tu profesión como en la mía.-

- Mmm ahora estás siendo intrigante, Roberto. Y después llueven las críticas sobre mí cabeza cuando intento hacer algo similar.-

- Bueno, de acuerdo. Dejemos la broma de lado. Esas letras que pusiste todas juntas van mejor así.-

Tomó la hoja y la birome y escribió debajo de las

letras de su amigo: "Fundata est supra firmam petram ut portet nomen eius coram gentibus".

- Si fuera una sola de las dos frases, porque son dos frases, como ya habrás notado, podría no estar seguro, pero con ambas, automáticamente pienso en el Palacio Barolo.-

- ¡Claro! – Jaime se dio una palmada en la frente.- ¡Es verdad que se me pasó por delante mismo sin notarlo! Y claro, si sólo fuera "fundata est supra firmam petram"[1] o bien "ut portet nomen eius coram gentibus"[2] uno podría suponer que se refiere a algún ideario religioso, pero las dos juntas, al menos en esta ciudad nuestra, no pueden dejar de apuntar al viejo y querido Palacio Barolo, ese monumento a la divina proporción y al Dante.-

- ¡Exacto! Ahora bien, debo confesar que, superada la primer euforia de este descubrimiento, no tengo la menor idea de lo que pueda querer decir en este contexto.- Jaime sonrió.

- Bueno, a decir verdad, encontré algo más en el texto.- su amigo lo miró con un gesto de fingida decepción.

- Que actitud despreciable la suya, señor.- y volvió los ojos hacia arriba en un gesto cómico.- Bien, dígame, si es que se digna a hacerlo, que más encontró en el dichoso librito.-

- Por supuesto que le diré. Había, además de las letras, un par de números en la última página.- sonrió burlonamente.- decidí que era buena idea guardarme ese dato unos instantes más, lo cual quedó demostrado que era acertado.-

- Mmm sí, veremos... bonita broma...- masculló Roberto, poco divertido con los juegos casi infantiles de su amigo.- por lo pronto, quisiera ver esos números, si es posible.-

- ¡Claro que es posible! Aquí están: 100 22 1.- Su amigo lo miró con aire desconcertado.

- Bueno, la verdad es que no estoy seguro de lo que signifique. El edifico, según recuerdo, mide cien metros, y tiene 24 plantas; 2 subsuelos y 22 pisos. Es posible que los primeros dos números se refieran a esto, pero el uno me desconcierta. No creo que haya nada que esté solo una vez en ese edificio. Hay todo tipo de juegos numéricos, pero no con uno.-

- Bien. Supongo que la manera más sencilla de resolverlo será ir a echar un vistazo.-

- El problema es que es demasiado temprano. No creo que nos dejen entrar al edificio.-

- Bueno, al menos podemos hacer unos llamados y ver qué es lo que conseguimos ¿No te parece?-

- Muy bien, hagamos esos llamados.-

- Hagámoslos.- dijo Jaime, con tono jocoso.

Roberto se fue mascullando un improperio hacia el teléfono. A veces su querido amigo pecaba de un excesivo relajamiento a la hora de tratar con temas un poco más serios.

Notas:

1- lat. fundata est supra firmam petram: Fue asentado sobre

cimiento firme.

2- lat. ut portet nomen eius coram gentibus: Para que se lleve su nombre ante la gente.

VII

"Sic vos non vobis nidificatis aves, Sic vos non vobis vellera fertis oves, Sic vos non vobis mellificatis apes, Sic vos non vobis fertis aratra boves."

[así vosotros no nidificáis para vosotros mismos, pájaros, así vosotras no lleváis la lana para vosotras mismas, ovejas, así vosotros no hacéis miel para vosotras mismas, abejas, así vosotros no lleváis el arado para vosotros mismos, bueyes].

Publius Vergilius Maro [Virgilio]

El Palacio Barolo se hallaba frente a ellos. La impresionante construcción los recibía con los primeros rayos del sol iluminando su descomunal fachada, la impresionante arcada marcando el ingreso a un mundo geométricamente sacro.

El arquitecto Mario Palanti, su creador, lo diseñó a pedido de Luis Barolo, un acaudalado empresario textil que en el primer cuarto del siglo XX se embarcó en la colosal construcción del edificio. El palacio se erigió entre 1919 y 1923. El 7 de Junio de este último año, fue finalizada la obra, siendo bendecida entonces por el nuncio apostólico Monseñor Giovanni Beda Cardinali.

A pesar de que las razones manifiestas de Barolo para su construcción eran que deseaba que fuera un lugar de descanso apropiado para las cenizas del Dante, que en aquel entonces, en las turbulencias que vivía el continente europeo, Barolo veía peligrar, siempre existió la especulación de que había otras razones, ocultas, para su construcción, dado que se vinculaba a Barolo y a su arquitecto, Palanti, a una logia masónica denominada "La Fede santa", a la que también habría pertenecido Dante mismo, y ello podría introducir motivaciones de orden esotérico en la génesis del palacio.

El edificio era un monumento a la obra cumbre del Dante, La Divina Comedia; estaba diseñado en tres secciones principales, al igual que la Comedia; infierno, purgatorio, y cielo; el edificio medía cien metros, así como cantos tiene la obra del Dante; asimismo, el palacio cuenta con 22 pisos, mismo número de estrofas tienen los versos de la obra de la Comedia, entre tantas otras referencias a la Divina Comedia que había en ese maravilloso, etérico edificio.

Allí los esperaba, a la sombra del inmenso arco de entrada, el guía que realizaba las visitas al Palacio. Finalmente, en casa de Roberto la cuestión había quedado zanjada de la manera más sencilla. Habían buscado en Internet información de visitas al Palacio Barolo, y el primer resultado había sido la página que promocionaba las visitas guiadas, donde habían obtenido el teléfono del guía.

El guía los observaba mientras cruzaban la calle en dirección a él. Se presentó como Miguel Genta; tenía unos treinta años, y desde hacía varios años ejercía la tarea de guiar a los visitantes en la maravillosa travesía hacia la luz; el gran faro del palacio, que con 300.000 bujías, hace visible el palacio cruzando el río De La Plata, desde Uruguay.

Luego de las formalidades, Miguel los hizo cruzar el umbral, y caminando por la nave, se dirigieron a los ascensores principales. En el piso, había unos llamativos rosetones. Tanto Jaime como Roberto los miraron con interés. Miguel les preguntó:

- ¿Ustedes querían conocer más del sentido esotérico que hay plasmado en el edificio, verdad?-

- Exactamente, Miguel. Mi amigo Jaime aquí presente y yo queríamos conocer algunos detalles sobre los simbolismos que Palanti sembró en el edificio.-

- Decir que los sembró, espero me disculpe, sería quedarse muy corto en la descripción de lo que Palanti, con la colaboración de Barolo, estoy seguro, hicieron respecto de este edificio, señor...- se lo quedo mirando entrecerrando los ojos como haciendo un cómico esfuerzo para recordar.

- Roberto, mi nombre es Roberto Bruno, y el de mi

amigo, Jaime Moray. -

- Claro, disculpe. Como le decía, Palanti y Barolo eran hermanos masones de una misma logia italiana, muy antigua, a la cual siglos atrás también perteneció el propio Dante. Esa logia es llamada aún hoy **La Fede Santa**. Dado este hecho, es seguro en mi opinión que al menos ellos dos si no algún otro hermano masón participaron del diseño del Palacio.-

- Que interesante detalle, Miguel. Dígame, ¿No le parece un poco extraña esa idea, dado que el crédito del diseño se lo llevó exclusivamente Palanti?-

- En realidad no. Sucede con cierta frecuencia, cuando se trata de cuestiones con efecto visible al público, que las logias masónicas prefieren encomendar la tarea a un único hermano, de manera visible, aunque en diversas ocasiones se organicen tenidas para aportar ayudas e ideas al hermano encargado de la ejecución de la tarea en cuestión.-
Roberto lo miró con atención.

- Señor Genta, parece contar con información más que detallada acerca de cómo se realizan las cosas en las logias masónicas.- Ahora le tocó a Miguel mirarlo fijo.

- Sí, es que tengo algún interés en el tema.-

- Señor, me parece que no nos presentamos apropiadamente.- Dijo Roberto presintiendo lo que había detrás de la frase.

Dicho lo cual extendió su mano, como para darle un apretón. Miguel le dio la suya, y los dos a la vez hicieron el toque masónico del primer grado. Sonriendo, le pidieron a Jaime que los espere un minuto, a lo cual accedió de mala gana, dado que siempre le molestaban esos "apartheid" masónicos.

Una vez a resguardo de las miradas profanas, Roberto y Miguel se identificaron apropiadamente como hermanos masones de tercer grado, es decir maestros, por el toque y la palabra correspondientes. Siguieron luego algunas preguntas de rigor de ambas partes a fines de identificar la logia de cada uno y los hermanos conocidos en común, de manera que pudieran estar razonablemente seguros ambos de que la contraparte no era un simple bromista que había conseguido el toque y la palabra de manera rebuscada —como por ejemplo, en Internet.- y que intentaba hacerse pasar por maestro masón. Luego, ya evidentemente más claras las identidades de ambos, volvieron a la conversación original.

- Muy bien, Miguel, nos decías a Jaime y a mí que fueron probablemente Palanti ayudado de Barolo los que diseñaron el palacio.-

- Eso mismo. El diseño fue realizado siguiendo la guía de la obra máxima del Dante; La Divina Comedia.- señaló los rosetones en el suelo.- Esos rosetones, por ejemplo, simbolizan los fuegos del infierno, y están custodiados o acompañados por esas gárgolas de allí.- y señaló las paredes. Allí, guardando el paso, se veía una serie simétrica de gárgolas a lo largo de ambas paredes.-

- Muy bien, o sea que aquí en la entrada ingresamos al infierno.- señaló Jaime.

- Así es. El infierno, aunque en un sentido esotérico. Dante no se refería al infierno como al castigo final, si no como a la primera etapa en el camino iniciático.-

Miguel señaló hacia delante, donde se abría el inmenso hueco circular que se proyectaba hacia arriba, directamente hacia la cúpula del edificio.

- Desde aquí se realiza la ascensión, aunque si lo desean podemos dar un paseo por las demás bóvedas. Todas cuentan con inscripciones en latín, sumando un total de catorce inscripciones, que pertenecen a nueve obras distintas.- los miró con expresión teatral.- otra vez el nueve. Aparece por todas partes.-

Los hizo recorrer todas las bóvedas brevemente. Luego volvieron al centro del edificio. Justo bajo la cúpula el suelo trazaba una serie de figuras geométricas, confeccionadas con baldosones de distintos colores.

- La idea original fue que las cenizas del Dante descansaran aquí.- señaló el punto central bajo la cúpula, donde el suelo formaba una estrella.- Justo bajo la cruz del sur, para permitir su ascenso hacia ella.-

Roberto estaba un poco desanimado. Aquel edificio era una maravilla del simbolismo; plagado por doquier de referencias numéricas en todas partes. Sin embargo, la circunstancia hacía imperioso posponer para una visita posterior el tour por todo el palacio y sus grandiosidades. En esa ocasión la necesidad era una. Nunca más exactamente; uno.

- Miguel, dado que todas las cosas relacionadas con este edificio aparecen en números muy especiales ¿Hay alguna cosa que aparezca solo una vez?- Roberto remarcó especialmente el "uno".

- No lo sé...- Miguel se quedó pensativo unos instantes.- es que realmente todo el edificio responde a números como el 7, 9, 11, 22, pero al número uno...-

Estaban parados justo bajo la cúpula. Jaime se puso a caminar en círculos, mecánicamente, realizando revoluciones alrededor del eje de edificio. En un momento dado, miró fijamente hacia arriba y, con una amplia sonrisa de triunfo, preguntó.

- ¡Oiga! ¡Miguel! ¿Qué es eso que se aprecia justo en el centro de la cúpula?-

- Es una pequeña lámpara, que ocupa el lugar en que según dicen debería estar la escultura Ascensión de Miguel Angel, la que nunca fue instalada en el palacio.-

- ¡Ajá! ¡Ahí debe ser entonces, Roberto! ¡Es en la lámpara o sus aledaños donde debe estar aquello que estamos buscando!- Miguel se lo quedó mirando con extrañeza.

- ¿Qué es eso que están buscando aquí?- miró con aire interrogativo a Roberto.- querido hermano, cuando nos identificamos hace un rato no me dijiste que estuvieran en una búsqueda en particular. Quizás podría haber sido de más ayuda si me lo hubieran dicho.- Lo último lo lanzó con un cierto tono de reproche.

- Por supuesto, querido Miguel, sucede que no puedo divulgar ningún detalle de la tarea que me ha sido encomendada.-

- Excepto a este profano.- señaló Miguel no sin cierta malicia.

- Excepto a este profano, exactamente.- Y Roberto guardó silencio, el cual duró unos tensos instantes. Miguel suspiró.

- Les pido disculpas a ambos. Supongo que me ha tomado por completo de sorpresa esta cuestión de la búsqueda. Por favor, acompáñenme.- señaló el ascensor a unos pocos metros.

- Claro, Miguel, desde luego las disculpas son aceptadas, y espero comprendas que de buen grado hubiera compartido francamente toda información que no estuviera cubierta por mi juramento.-

- Por supuesto, querido hermano. En cualquier caso ¿Quién soy yo para cuestionar las decisiones tomadas por tu logia? Ya tendremos oportunidad de conversar en otra oportunidad en que, con algo de suerte, me podrás referir el resultado de esta actual peripecia.-

- En tal caso, con gusto te lo contaré.- Roberto suspiró aliviado. No quería granjearse la enemistad de un maestro que apenas acababa de conocer.

- Muy bien, subamos entonces.-

Dicho lo cual los hizo pasar en el ascensor, y marcó el último piso, que en este caso era el catorce, ya que los ascensores no llegaban más que hasta ese piso. Continuaron el ascenso hasta el último piso, y allí salieron al palier circular justo bajo la cúpula. Era impresionante; se quedaron como hipnotizados mirando aquel lugar.

El guía les hizo señas de que lo acompañen, y acto seguido desapareció por un pasillo. Traspasaron una estrecha puerta en una esquina, y entraron en una zona oscura, y un poco menos cuidada que el resto del edificio.

- Esta es una zona de mantenimiento. Desde aquí podremos llegar justo sobre la cúpula.-

Indicó Miguel mientras se movía casi de memoria en la oscuridad, esquivando estanterías y cajas en el suelo. Llegaron a un espacio ligeramente curvado hacia arriba, y totalmente despejado de los trastos que llenaban el resto del lugar. Allí, sobre la parte más alta de la curva del suelo, que debía seguir la línea de la cúpula, había una pequeña trampilla.

El guía la abrió no con poco esfuerzo, y les hizo señas de que solo uno bajara. Roberto lo siguió. El espacio allí dentro era particularmente estrecho. Era una especie de respiración entre la cúpula y el piso del área de mantenimiento. Ahora debían estar caminando sobre una estructura justo sobre la cúpula, para evitar que las pisadas pudieran deteriorarla.

Miguel se detuvo y luego de un breve forcejeo y algún ruido de metal, se hizo a un lado como pudo en aquel estrecho recinto y le indicó el suelo, del que brotaba un haz de luz. Estaban justo encima de la lámpara. Roberto se acercó al hueco, y miró desde allí el bello trabajo del bronce de la lámpara. No veía nada raro en la misma. Tampoco sabía, a ciencia cierta, que esperaba encontrar.

Dado que el tiempo corría y el calor sofocante de aquel hueco del edificio se incrementaba a cada instante, se acostó en el suelo sobre el agujero, y sacando un brazo por el hueco, cuidadosamente tanteó con la mano la superficie de la lámpara, en busca de alguna trampilla o algo similar. Lo que encontró sin embargo, fue una serie de rugosidades regulares a un lado de la lámpara.

Su alegría duró poco, porque rápidamente notó que no contaba con manera alguna de copiar las rugosidades a algún papel o algo similar, que le permitiera luego estudiar lo que estaba allí grabado.

Le explicó a Miguel su problema. Este sonrió ufano, y dándose media vuelta, se alejó por el estrecho lugar. Volvió a los pocos minutos con una cámara fotográfica digital enorme, de último modelo.

Armado con aquella belleza tecnológica se dispuso a captar aquella otra belleza que tenía enfrente. La lámpara refulgía, por lo que configuró el equipo para un ámbito con mucha iluminación artificial, de manera tal que la imagen saliera lo más nítida posible. Y así fue. Luego de varios intentos, obtuvo una imagen perfectamente legible de lo que estaba grabado en la lámpara: "MDCCCXXVIII - MD -

MCMXXVI".

No se detuvo a dilucidar el significado de aquello. Dándose la vuelta, le indicó al guía que había obtenido lo que necesitaba, y se dirigieron fuera de aquel hueco ya francamente hirviente gracias al calor de sus propios cuerpos.

Una vez fuera, le mostró a Jaime en silencio la cámara. Su amigo abrió los ojos con sorpresa. Luego Roberto anotó en un papel el grabado que se veía en la fotografía, y devolvió la cámara a su dueño. Este les dijo que, a pesar de la buena voluntad que tenía en ayudarlos con su búsqueda, debía irse dado que otros quehaceres lo reclamaban.

- De hecho, si en un primer momento me hubieran manifestado claramente sus intenciones, posiblemente no hubiera accedido a reunirme con ustedes aquí.- sonrió.- y claro está, si no fueras un querido hermano maestro, tampoco te hubiera llevado allí arriba ni hubiera recurrido a la cámara de fotos.-

- Lo entendemos claramente, Miguel, y te estamos ambos.- señaló a Jaime.- muy agradecidos por la deferencia que has tenido con nosotros.- hizo una pausa.- Oportunamente hablaré con mi venerable maestro respecto de las buenas labores que has realizado para ayudarnos con nuestra tarea.-

Aquello último era una declaración de que su logia le iba a "deber una" por el favor hecho a Roberto en esta tarea.

- Muchas gracias, querido hermano, en ese caso y

también oportunamente visitaré tu logia para saludar a tu venerable maestro.- Y la respuesta era un evidente "trato hecho" respecto del favor adeudado.

- Serás bienvenido.-

Luego de los saludos entre los tres, todos se dirigieron a la gran arcada que antes los había recibido, y que ahora los esperaba para permitirles volver al mundo profano, luego de ese viaje místico, aunque breve, no por ello menos intenso, a las entrañas de aquella representación del mundo del Dante.

VIII

"Flectere si nequeo superos, Acheronta movebo"

[Si no puedo persuadir a los dioses del cielo, moveré a los de los infiernos].

Virgilio, Eneida. VII.

Ya estaba bien entrada la mañana cuando abandonaron el edificio. El guía se retiró rápidamente del lugar, dejando a los dos amigos frente al palacio, meditando en los caracteres grabados en la lámpara que cubría la clave[1] de la cúpula, y que habían anotado en papel.

- Bueno, en principio está claro que se trata de números romanos.-

- Al menos así parece. Sin embargo- Roberto miraba a lo alto del edificio Barolo mientras hablaba.- algo me hace dudar. Los tres números parecen ser fechas; o al menos podrían serlo. Sin embargo, el número del medio es distinto de los otros dos, y además está en el orden equivocado.-

- Claro, serían 1828 – 1500 – 1926. El 1500 debería ir primero.- dijo Jaime.

- Sí. De todas formas, es demasiado redondo. Claro que puede ser válido, dado que desconocemos la lógica que sigue la construcción de esta breve serie de números. Sin embargo, me da la espina de que no lo es.-

- Mmm, sí, es verdad que lo esperable es que los números aparezcan siguiendo un cierto orden, por lo que el 1500 es sospechoso porque está mal ubicado. Esto al menos en una primera impresión, claro está.-

- En tal caso, si seguimos por un momento la hipótesis de que los números del principio y fin son años, podríamos suponer entonces que lo del medio, dado que de ser un número estaría mal ubicado, no es un número.-

- Interesante, Roberto, quedaría entonces pendiente el pequeño detalle de averiguar que puede querer decir "MD".-

- Sí… pero bien, dado que no se me ocurre hipótesis mejor, sugiero que ensayemos por ahora ésta a la que arribamos y veamos cómo se desenvuelve.-

- Muy bien. La clave, en tal caso, debe hallarse en los años. Si encontramos una relación entre 1828 y 1926, que incluya alguna referencia a MD, entonces podemos suponer que vamos por la buena pista.-

- Jaime, te pediré que guíes la investigación, dado que la historia es precisamente tu especialidad.-

- De acuerdo. Empecemos por ir a tomar un buen

café. Nadie puede ponerse a pensar profundamente con el estómago vacío, y a mí ya me dio hambre.- detuvo a su amigo que ya se dirigía a la esquina, donde se veía un bar.- adicionalmente, podríamos tomar el café en algún lugar que cuente con una computadora. Hoy las investigaciones históricas empiezan en internet...- Roberto sonrió.

- Excelente. Caminemos entonces, que ya encontraremos un bar adecuado a nuestras necesidades sobre la avenida.-

- Bien. Mientras tanto, estaba pensando que, considerando lo que dedujimos hasta el momento, esas dos letras, "MD" deben indicar el objeto al que refieren ambas fechas.-

- Claramente.-

- Sí, por supuesto. Ahora bien, hay 96 años de distancia entre una fecha y la otra. A priori diría que es demasiado tiempo para que se trate de un nacimiento y muerte. Eso en principio me haría suponer que no es una persona a lo que se refieren las fechas.-

- Claro. Podría ser entonces alguna institución que haya cesado en su actividad el año 1926.-

- Sin embargo, no lo creo, Roberto, por la sencilla razón de que pocas cosas podemos saber hoy de una institución que haya caducado tan tempranamente en la turbulenta historia de nuestro país. Los registros documentales son pobres en el mejor de los casos.-

- Perdón por mi falta de creatividad, pero entonces me quedé sin opciones que aportar. Si no es una persona ni una institución, no se me ocurre a que refieren ambas fechas.-

- Quizás lo que sucede es que estamos interpretando mal las fechas. Podría suceder que no sean nacimiento – defunción como venimos barajando hasta ahora.-

- Muy bien, entonces serían… ¿Qué?-

- Podrían ser varias cosas, por ejemplo, la primera muerte y la segunda conmemoración, o inauguración de un monumento conmemorativo…-

- De acuerdo, podría ser una conmemoración la segunda fecha. Si tomamos esa variante, entonces podríamos comenzar por averiguar cuáles han sido los fallecimientos de carácter público del año 1828 en la Argentina.-

- Bueno, en ese sentido, aunque teniendo presente lo tumultuoso de la fecha, y la cantidad de muertes que debe haber habido, hay una particularmente que viene a mi mente.- A Jaime se le iluminó el rostro con una sonrisa triunfal.- Además, encaja con esas dos molestas letritas en medio de las fechas…- hizo un cómico gesto teatral frotándose las manos.

- Jaime, no tengo paciencia para estas adivinanzas…- su amigo rió ante el incipiente enojo.

- Si, lo sé, tu humor es como el de un niño. Muy bien, allá vamos.- carraspeó para aclararse la garganta.- El 1 de Diciembre de 1828, el general Juan Lavalle se puso al frente de un levantamiento contra la gobernación de Buenos Aires, a cargo por aquel entonces del coronel Manuel Dorrego...- Roberto no lo dejó seguir.

-¡Pero claro! "MD"; ¡Es Dorrego!¡Y es el monumento a Dorrego adonde tenemos que ir! Allí es adonde apunta el año 1926; es el año en que se inauguró el monumento.- Jaime lo miró con extrañeza.

-La verdad que me resulta sorpresivo tu conocimiento del monumento a Dorrego; no es demasiado famoso, a pesar de estar estratégicamente ubicado frente al edificio de rentas de la ciudad.-

-Sucede que ese es un monumento legendario en la masonería; los rumores que circulan al respecto dicen que hay símbolos de todos los grados del rito escocés antiguo y aceptado, que es el más difundido rito masónico en el país.-

-Me disculparás si te pregunto quiénes son los causantes del rumor, así podemos pedirles ayuda.-

-Lamento decirte que lo que sé del monumento lo sé únicamente de oídas. No sé quienes puedan ayudarnos con él, pero sí puedo decirte que yo no soy un entendido en la materia.-

-Bien, vayamos hacia el monumento y veamos si encontramos allí algún indicio, y luego veamos como proseguimos.-

-Vayamos.-

Para ese entonces habían caminado desde la avenida De Mayo al 1300, que es donde se emplaza el edificio Barolo, hasta la avenida 9 de Julio, el amplio boulevard que circula de norte a sur por el corazón de la ciudad. Se acercaron a la esquina y aguardaron la señal del semáforo para cruzar la descomunalmente ancha avenida.

En eso estaban cuando una moto que pasaba por su lado se desvió violentamente hacia ellos. La sorpresa de ambos hizo que se lanzaran de cabeza sobre la vereda, intentando escapar a la embestida del vehículo.

De la misma bajaron dos hombres de aspecto extraño; estaban vestidos como para no ser identificados. Llevaban ropa que no mostraba ninguna marca, de colores gastados; ropa que no iba a ser recordada. Ambos cubrían la cara con anteojos de sol de lentes amplios y redondeados, al estilo de los policías motorizados; cubrían gran parte del rostro con ellos. Además de eso, las únicas señas reconocibles eran la altura y el color de pelo; ambos morochos, y ambos de estatura media, como de un metro setenta y cinco.

Se acercaron amenazadoramente a los dos amigos caídos. Todavía atontados y paralizados por el miedo y la sorpresa, ninguno de los dos reaccionó mientras uno de los hombres arrancaba de manos de Jaime el papel donde habían anotado la inscripción de la lámpara del palacio, y el otro intentaba sacar del bolsillo del fino saco veraniego de Roberto el opúsculo que había comenzado todo.

En ese momento Roberto reaccionó, tomando la

mano del hombre, y lanzándole como pudo una patada al bajo vientre. El asaltante se vio sorprendido, por lo que el impacto, aunque no tan fuerte como para incapacitarlo del todo, le dio de lleno en la ingle. Boqueó desesperado, alejándose de Roberto.

Se escucharon gritos provenientes de todos lados. Un pitido de silbato. Corridas. Los dos asaltantes montaron en la moto y huyeron. Tenían solo una parte del botín buscado. La nota con el grabado de la lámpara. El opúsculo con la leyenda quedó celosamente guardado por Roberto, a salvo. El pitido era de un policía que, resollando y con la cara roja como un tomate, pasó como una tromba en un vano intento por alcanzar a la moto que ya raudamente huía.

Roberto y Jaime se miraron un momento. Estaban los dos ilesos. Al cabo el policía regresó, y le dijeron que no habían conseguido llevarse nada, por lo que no era necesario realizar denuncia alguna. El hombre se encogió de hombros, y volvió caminando fatigosamente a su puesto.

Los dos amigos se arreglaron un poco las ropas y así maltrechos, se sentaron un momento en el cordón de la vereda a tomar un poco de aire y recuperarse de la impresión y la sorpresa.

Notas:
1-   Se refiere a la pieza vital de la cúpula; la que oficia de eje, y que va inserta justo en el centro, sosteniendo toda la estructura en su lugar.

IX

"Participo al Gobierno Delegado que el coronel don Manuel Dorrego acaba de ser fusilado por mi orden, al frente de los regimientos que componen esta división."

Juan Lavalle

Pasó un buen rato antes de que se recuperaran de la psicosis que a veces aparece luego de un asalto. La víctima tiende a estar recelosa de todo y de todos, mirando constantemente a todos lados, temerosa de una repetición de lo sucedido.

Así estuvieron Roberto y Jaime durante un rato, a medida que caminaban cruzando la avenida 9 de Julio en dirección al monumento a Dorrego, ubicado en Viamonte y Suipacha, justo frente al edificio de rentas de la ciudad.

Caminaron un buen trecho en silencio; ambos meditando y digiriendo lo sucedido. Ya habían tomado Suipacha en dirección al monumento cuando retomaron el diálogo.

- Todavía no puedo creer lo que acaba de suceder.-

- Yo tampoco Jaime. Y me asusta, y me preocupa, porque esos tipos sabían lo que buscaban.- señaló el bolsillo en que llevaba el librito.

- Sí, la pregunta obligada es obviamente, quién más sabe de este tema.-

- Es complicado. En rigor, fue el venerable maestro de mi logia quién me encomendó la tarea, pero para ello se votó mi designación en una cámara de maestros, por lo que virtualmente cada maestro masón de la logia sabe que estoy realizando esta búsqueda.-

- De cualquier forma, me parece sorprendente tanto interés en nuestra búsqueda...- se quedó pensativo un instante.- Roberto ¿No dijiste nada respecto de la naturaleza de la tarea al guía, verdad?-

- Estaba haciendo memoria precisamente por el mismo motivo. No recuerdo haberle dicho nada que pudiera indicar lo que buscamos en realidad. Así que no podría saber nada, a menos que...-

Roberto disfrutó unos segundos de efecto dramático antes de terminar la frase. Jaime, inmutable, hizo un esfuerzo por no apresurar a su amigo, dado que evidentemente le estaba devolviendo favores pasados. Finalmente, luego de unos segundos de suspense ambos soltaron la carcajada.

- No diste el brazo a torcer.- dijo Roberto aún entre risas.

- Por nada del mundo. Me encanta que disfrutes tanto como yo de estos momentos.- su amigo también seguía riendo.

-Muy bien, como decía, el guía no podría saber nada, a menos que el ya supiera de antemano lo que significa el grabado en la lámpara, cosa que es posible dado que, como guía que es del edificio, debe conocer sus leyendas, secretos, etc.-

-Suena plausible. Sin embargo, si no le contaste nada de la tarea, entonces ¿Cómo sabían los rufianes que tenías el librito?- Roberto parpadeó azorado.

-¡Es verdad! No lo había tomado en consideración. En ese caso, es poco probable que sea él quien tenga relación con los asaltantes.-

-Entonces estamos nuevamente en ascuas, teniendo como posibles originadores del asalto a todos y ninguno de los maestros de tu logia.-

Guardaron silencio el poco trecho que restaba para llegar frente al monumento al coronel Manuel Dorrego, designado por algunos como el primer mártir del federalismo. Finalmente, se detuvieron frente al monolito.

Era una imponente masa de bronce y granito la que tenían frente a ellos. El monumento había sido realizado por Rogelio Yrurtia, quien a pesar de haber ganado el concurso en 1907, recién vio inaugurada su obra en 1926.

Componíase la misma de un monolito sobre cuya cúspide se hallaba representado el propio Dorrego, a caballo y acompañado de un ángel, que hacía las veces de guía, dado que iba al frente y en un gesto como abriendo camino. En los laterales de Dorrego, y en unos pedestales mucho más modestos, aunque formando parte del mismo cuerpo del monolito, había dos figuras; una de un hombre trabado en lucha mortal con una serpiente, que representaba a la fatalidad, y otra de una mujer vestida con una toga, que representaba a la historia.

Se quedaron contemplando unos momentos aquel recordatorio del triste y solitario final de Dorrego; solo, injustamente encarcelado y condenado a muerte sin juicio previo.

- Era demasiado peligroso para sus enemigos como para perdonarle la vida.- musitó Roberto.

- Si, era un federal en medio de una alta sociedad eminentemente unitaria, que luego para lavar culpas pondría unos nombres y palabras federales y un espíritu esencialmente unitario a las bases de la nación. Dorrego, paladín del federalismo, fue muerto porque sus congéneres no estaban dispuestos a tolerar una nación grande e igualitaria, porque su visión de país era distinta a la de ellos, que propugnaban por erigir una nación compuesta por la "ciudad-estado" de Buenos Aires y sus alrededores, y todos sus servidores en las provincias; lo más pobres e ignorantes posible, de manera tal que nunca dejen de ser simples y serviciales lacayos.- aportó Jaime.

El silencio se mantuvo luego un buen rato mientras reflexionaban ambos acerca de ese gran arquetipo del héroe, tan ajustadamente ejecutado por el hombre al que se erigía aquel postrer reconocimiento.

- Bueno, de hecho la placa conmemorativa misma reza algo similar a lo que decíamos recién; "Manuel Dorrego 1787 - 1828 Promotor, paladín y mártir del Federalismo argentino, Héroe de la Independencia"- leyó Jaime.

- Nunca dejo de asombrarme, a pesar de la inmensa cantidad de veces que lo he estudiado, incluso leído a Jung acerca de ello, de cómo al final, todos somos tremenda, abrumadoramente predecibles, y nuestras vidas se ajustan, a grosso modo, a la vida de la humanidad entera. Todos antes o después terminamos siendo un arquetipo viviente; una pieza del gran alfarero del universo, que nos hace según un molde preconcebido.-

- Mmm bueno, no estoy del todo de acuerdo con eso Roberto; sin embargo, no deja de ser una reflexión interesante.- carraspeó.- ahora bien ¿Qué se supone que debemos buscar aquí?-

- No lo sé. Es de suponer que alguna marca extraña o fuera de lugar en el monumento, que pueda darnos una pista de por dónde seguir. En la lámpara del edificio Barolo no había más que lo que copié al papel, así es que, no hay más pista que la que ya desciframos.-

- De acuerdo, inspeccionemos el monumento entonces, a ver si podemos encontrar la pieza fuera de lugar que nos indique cómo sigue la aventura.- sonrió Jaime mientras decía esto.

- ¡A la carga, compañero!- retrucó su amigo.

Se acercaron al monolito, uno por un extremo, y el otro por el contrario, y comenzaron a revisar minuciosamente la obra en busca de algo que les llamase la atención.

Luego de unos minutos de reconcentrado trabajo sin ningún resultado, cuando hubieron realizado una primera pasada a cada lado del monumento, se encontraron nuevamente frente al mismo, un poco desanimados.

- Bueno, parece que esta vez va a ser más complicado, Jaime.-

- Así parece. No pude ver nada extraño en todo el lado de la historia.-

- Ni yo del lado de la Fatalidad.- retrucó Roberto sonriendo.

- ¡Ajá! Así que conoces el sentido de las estatuas que hay a ambos lados de la figura de Dorrego.-

- Por supuesto, ya te había dicho que este monumento es extremadamente famoso en la masonería.-

- Lo había olvidado.- Jaime se enserió de nuevo.- ¿Bueno que podemos hacer? No se me ocurre más que treparnos al monumento e inspeccionar de cerca la figura del propio Dorrego, a riesgo de que alguien nos vea y terminemos en una dependencia policial.-

- Sí, pero antes, se me ocurre que deberíamos hacer una segunda pasada, esta vez más detenidamente, en las figuras de los laterales, ya que quizás hay algo en relieve o muy poco visible que se nos escapó en la primer pasada.-

- Muy bien, hagamos el segundo intento entonces.-

Roberto se quedó un instante más contemplando el monumento antes de volver a la búsqueda. Había reconocido una gran cantidad de símbolos, algunos alevosamente notorios en el monumento; se preguntaba cuánto de ello debería revelar a su amigo si la pesquisa volvía a resultar estéril. Suspirando, volvió a repasar palmo a palmo toda la superficie del monumento que era dable tocar desde el suelo. De pronto, desde el otro lado del monumento, Jaime lanzó una fuerte exhalación, como de un gran susto, o una gran sorpresa. Roberto lo oyó y dio la vuelta al monumento como una tromba. Su amigo ya le hacía señas de que se acerque. Le tomó de la mano, y lo guió hasta posar sus dedos sobre la parte posterior de la pierna derecha de la estatua de la historia.

Ahora fue el turno de Roberto de lanzar un respingo. Allí detrás de la pierna había una rugosidad bien definida. Era algo que estaba esculpido detrás de la pierna de la historia.

Esta vez no había cámara fotográfica a disposición, así es que Roberto le pidió a su amigo papel y algo para escribir, y se encaramó sobre la base donde se erguía la estatua de la historia, para poder tomar nota de lo que allí estaba tallado. Luego de un buen rato, en que sus músculos se tensaron y cansaron dada la forzada postura que debía adoptar para llegar a ver lo que estaba tallado tras la historia, Roberto pudo anotar lo que habían dejado allí oculto a la espera de ser hallado.

Era una anotación muy breve y, para sorpresa de ambos amigos, casi transparente; "Pater legem MCDXX". Se miraron asombrados.

- Hay montones de monumentos y recordatorios de él ¿A cuál hará referencia la inscripción?- preguntó Roberto.

- Supongo que dado el hecho de que no hace mención alguna de lugar, debería ser EL lugar…-

- Claro. En ese caso, imagino que ambos sabemos de qué estamos hablando. Vamos, que no estamos demasiado lejos, y podemos llegar allí antes de la hora del almuerzo.-

Terminaba Roberto de proponer eso cuando vieron una moto que pasaba frente al monumento, por la calle Viamonte. Iba el conductor y un acompañante, ambos con casco, por lo que no se distinguían los rostros. Sin embargo, ambos se envararon, dado que la vestimenta y por sobre todo la actitud delataba a sus asaltantes de hacía un rato atrás.

La moto pasó a baja velocidad. Sintieron las miradas de ambos hombres clavadas en ellos todo el rato que le llevó desaparecer de la vista. Se miraron apenas y se entendieron perfectamente. Había que irse de allí. Inmediatamente.

X

"A fronte praecipitium, a tergo lupi"
[Un precipicio al frente y los lobos a la espalda]. Anónimo.

Era cierto que no estaban demasiado lejos de donde debían ir. En un día normal hubieran llegado en unos pocos minutos, quizás una media hora debido al tránsito. Pero no era un día normal. Y ahora además de la desquiciada búsqueda que habían encomendado a Roberto y a la que Jaime se había visto "reclutado" por su amigo se sumaba la persecución de los dos tipos de la moto, que habían intentado hacerse con el opúsculo por la fuerza, y que ahora los merodeaban a cada paso que daban.

Los dos amigos salieron de la esquina del monumento de Dorrego como alma que lleva el diablo. A ninguno de los dos le hacía gracia alguna la aparición de los asaltantes en el monumento ni lo que podría suceder a continuación en caso de volver a ser interceptados por los delincuentes.

En cuanto la moto desapareció de la vista, Roberto le hizo señas a su amigo de que lo siguiera. Cruzaron a la carrera Suipacha en dirección a una especie de galería que había enfrente.

La gente los miraba como si fueran lunáticos, pero ellos ignoraron todo, concentrados en esconderse de los de la moto. Se metieron en un local dentro de la galería y desde allí espiaron el monumento cruzando la calle.

Al rato, volvió a aparecer la moto con los dos hombres. Se apearon justo frente al monolito. Dentro del local, Jaime hizo una seña a su amigo señalando a los dos individuos.

Se acercaron a la estatua de la historia, y grande fue la sorpresa de ambos amigos cuando vieron que uno de los hombres se acercaba más y, encaramándose sobre el monumento, tocaba la parte trasera de la pierna de la estatua, girando la cabeza y gesticulando en dirección a su acompañante.

- ¡Ese tipo ya sabía lo que estaba buscando, Roberto!¡Conocía la inscripción de antemano!-

- Así parece al menos. Sin embargo, a primera vista daría la impresión de que su acompañante está menos informado. Parecía estar mostrándole al otro donde estaba la inscripción.-

- Pero si al menos uno sabe dónde están las pistas que estamos buscando, entonces debemos apurar el paso a fondo, dado que saben adónde nos dirigimos.-

Se quedaron en silencio unos instantes. Los dos

hombres ya volvían a subirse a la moto. Miraron en todas direcciones, y luego se fueron tranquilamente, en la misma dirección en que Jaime y Roberto deberían partir.

Se miraron un instante y enseguida se pusieron en marcha. No había tiempo que perder, dado que aquellos tipos probablemente iban en dirección al mismo lugar que ellos.

Eran demasiadas calles que caminar por lo que raudamente pararon un taxi que circulaba por Viamonte y le pidieron que dé la vuelta y enfile hacia la avenida Las Heras y el cruce con avenida Callao. Desde allí caminarían para acercarse con precaución al escenario de otro posible encuentro con sus perseguidores.

El taxi dio la vuelta por la calle Tucumán y por ella avanzó directamente hasta avenida Callao. Allí giró a la derecha y comenzó a avanzar por esa vía hasta Las Heras.

- Había empezado a creer que existía una relación temporal entre las "pistas" que hemos seguido, dado que el Barolo y el monumento a Dorrego son de fechas cercanas entre sí.- Jaime continuó.- Sin embargo, el lugar adonde nos dirigimos no tiene relación con los otros dos en ese sentido.-

- Es muy anterior a ambos, sí.-

- Quizás la pista en sí es lo que fue colocado en su lugar actual en una fecha cercana, y no el lugar en sí mismo.- A Roberto se le iluminó el rostro.

- ¡Claro!¡Debe haber sido por los años veinte del siglo pasado cuando se movió los documentos por última vez, al lugar donde sea que están ahora!-

- Es una teoría interesante Roberto. Sin embargo, esperaría un poco más antes de aventurar algo así.-

- Bueno, esperemos un poco más, pero me parece bastante razonable.-

Al cabo el taxi llegó hasta el cruce de la avenida Las Heras con la vía por la que venían circulando, y acercándose al cordón, el taxista prendió las balizas y detuvo el auto, dando un medio giro y mirando de perfil a sus clientes, a la espera del pago correspondiente.

Una vez cancelado el mismo se apearon. Estaban en la vereda contraria a la que iba en dirección a su destino. Cuando el semáforo se puso rojo, cruzaron, caminando por la avenida Las Heras dos cuadras, hasta la esquina de la calle Junín, donde doblaron a la derecha, ahora ya con mucha más precaución.

Al llegar a la siguiente esquina, se encontraron frente a su destino. Aunque puede resultar escatológico decirlo de esa manera, dado que se trataba de un cementerio.

XI

"Hannibal ante portas"
[Aníbal está en las puertas]. Cicerón, Filípicas.

Frente a ellos se alzaban los grandes portones del cementerio de la Recoleta. A sus espaldas, la plazoleta en media luna por la que montones de macabros turistas se acercaban todos los días a realizar los tours del cementerio que algunos guías ofrecían.

Ese cementerio albergaba a muchas de las más ilustres figuras del quehacer de la nación durante sus épocas de gestación y de dorado albor. Hombres y mujeres que alcanzaron altísimos fama y honores dormían el sueño eterno bajo las bóvedas y mármoles diseñados a tales efectos para ellos allí mismo, a escasos metros de donde los dos amigos se hallaban.

- No es la primera vez que vengo a este cementerio. Sin embargo, no deja de horrorizarme, a la vez que me fascina, el inmenso morbo de los "turistas escatológicos".- comentó Jaime.

- Si, concuerdo. En mi caso triunfa el horror antes que la fascinación, de todas maneras.-

- Ah, muy bien, pero es un caso de minoría, mi querido amigo, como podrás notar observando el gentío a nuestro alrededor.-

La elevada elaboración y calidad de los monumentos fúnebres que allí había, además del renombre de sus "huéspedes" era un acicate más para la afluencia de turistas que diariamente recorría los pasillos del lugar.

Presidentes nuevos y viejos, escritores de diversas épocas, ministros, diputados y senadores de la nación, en fin, grandes figuras públicas de todos los tiempos poblaban los pasillos de ese lugar de descanso. Nombres como Bartolomé Mitre o Arturo Illia, José Hernández o Adolfo Bioy Casares, entre tantos otros grandes hombres que dormían allí el sueño eterno.

Roberto miró en derredor con preocupación. Era apenas pasado el mediodía, así que no había donde esconderse en pleno día. Lo que era por un lado una bendición, porque si aparecían sus perseguidores los verían mucho antes de que lleguen hasta ellos.

Por otro lado, no podrían esquivarlos dado que allí no habría escapatoria. El cementerio al que estaban por ingresar contaba con una única posible salida, así es que una vez adentro, iba a ser una ratonera.

Discutieron durante unos instantes acerca de la

mejor manera de lidiar con ese problema, y finalmente decidieron que sólo uno de ellos ingresaría al cementerio, mientras que el otro esperaría afuera por si hacía falta conseguir ayuda.

Echaron a la suerte quién sería el que ingresaría. Roberto sacó una moneda de cincuenta centavos de peso de su bolsillo y la arrojó al aire. Jaime eligió seca, y seca fue lo que salió, por lo que convinieron en que Jaime ingresaría al cementerio mientras que Roberto se quedaría lo más fuera de la vista posible a la espera de su retorno.

En caso de que surgiera cualquier inconveniente, Roberto podría intentar o bien ayudar a Jaime o bien conseguir la ayuda de alguien más.

- Muy bien querido amigo, me quedo a la espera de tu regreso. Pisa con cuidado y que tus ojos estén atentos a cuanto pueda representar peligro.-

- Jejeje, pareces el maestro Yoda de Star Wars hablando así.- Roberto sonrió. Su amigo era incorregible.- voy a estar atento a todo. Nos vemos luego.-

Jaime se dirigió a paso lento hacia la entrada del cementerio. Al llegar bajo los portones de ingreso se detuvo unos momentos y miró con algún disimulo en derredor. No había nada sospechoso a la vista. Entró al cementerio y al poco quedó fuera del campo de visión de Roberto.

Este suspiró y se dirigió bajo un árbol, a cierta

distancia de los portones. A la sombra de un sauce de bajas ramas, desde allí podría observar la entrada y pasar relativamente desapercibido a esas horas en que tantas personas rondaban las plazoletas frente al cementerio.

Desde allí observó durante un buen rato el ir y venir del lugar. Había dos guías, un hombre y una mujer, que formaban sus grupos frente a la basílica de Nuestra Señora del Pilar. Luego desde allí partían con gran alboroto hacia el cementerio. En poco menos de una hora estarían de vuelta. Roberto había hecho hacía ya tiempo ese mismo tour, debido a que había una gran profusión de simbolismo masónico en las tumbas de la recoleta.

No es casualidad; un porcentaje harto significativo de los residentes del lugar son hermanos masones, ahora en el Oriente Eterno, como se suele indicar cuando un masón ha fallecido.

Se hallaba en un estado contemplativo cuando por el rabillo del ojo notó una figura familiar en los portones. Era Jaime. Salía con un aire nervioso. Estaba a punto de salir de debajo del árbol y hacerle señas con las manos cuando lo vio.

Detrás de su amigo venía uno de los hombres de la moto. Muy cerca de él, tan cerca que no lo alcanzó a ver en un primer momento. Se volvió nuevamente bajo las ramas del sauce, y contempló a su amigo mientras acompañado de su captor caminaba hasta junto a la plazoleta en media luna frente a los portones.

Al cabo se acercó el segundo hombre. El que acompañaba a Jaime tenía una mano en el bolsillo de la campera. "Así que ése es el tema. Está armado". Roberto buscaba desesperado a su alrededor un policía al que recurrir, pero como suele suceder en esos momentos de fatalidad, no había ninguno a la vista.

Mayor fue su sorpresa cuando un automóvil se detuvo al lado de su amigo, y los dos hombres lo empujaron sin miramientos dentro del vehículo, el cual partió raudo, dejando a Roberto buscando lastimosamente ayuda, al tiempo que el miedo por su amigo semejaba una tenaza que le estrujaba el estómago.

XII

"Los hermanos sean unidos, porque esa es la ley primera...".
José Hernández, Martín Fierro.

Roberto estaba desolado. Su querido amigo Jaime acababa de desaparecer de su vista, a bordo de un auto, en poder de por lo menos tres captores, de los cuales lo poco que sabía era que estaban presumiblemente armados, no tenían demasiados resquemores de mostrarse en público al realizar sus vandalismos, y estaban al tanto de muchos detalles de su pesquisa.

Cabizbajo, se sentó al borde de la plazoleta, desesperado. Para colmo de males, no se había percatado de que para hacer la denuncia policial del secuestro de su amigo, iba a verse obligado a revelar detalles de lo que estaban haciendo allí, cosa que no podía hacer.

Era consciente de que la vida de su amigo corría peligro. También tenía presente la cantidad de grandes personalidades que habían corrido peligros y que se habían jugado posiblemente su propio pescuezo en pos de salvaguardar aquello que estaba buscando. No podía revelar a la policía esos detalles, ergo, no podía realizar la denuncia. No sabía qué hacer. La desesperación iba ganando terreno en su ánimo.

Ya dando por perdido todo, se paró y sin pensarlo dos veces hizo el pedido de socorro de un maestro masón. Este era de una naturaleza tal que para el ojo inexperto pasaba o bien desapercibido o bien como una conducta algo extraña pero permisible.

Sin embargo para el ojo entrenado de dos hombres que salían en ese momento del cementerio no pasó desapercibido el significado de ese pedido. Habían sido instruidos claramente respecto a que eso que estaban viendo sólo debía ser usado en casos de peligro mortal, por lo que sin dudarlo se acercaron a paso veloz al hombre aquel que estaba parado al costado de la plazoleta de la entrada.

- Caballero, vemos que puede precisar de nuestra ayuda.- dijo el primero en acercarse.

- Sírvase acompañarnos por favor, así podremos presentarnos debidamente.-

- De acuerdo.- alcanzó a mascullar Roberto algo azorado.

En verdad hizo el pedido dando ya todo por perdido; no esperaba que la divina Fortuna se apiadara de él, en la forma de la aparición de dos hermanos que acudían en su ayuda.

Los condujo bajo las ramas del mismo sauce desde el que contemplara apenas minutos antes como su amigo era secuestrado por los delincuentes que los perseguían desde la salida del palacio Barolo.

Allí realizaron, en forma en extremo abreviada, la identificación de los tres como maestros masones. Los dos hombres que venían en su ayuda se presentaron como Imanol Ramírez y Aníbal Salvador; ambos médicos y pertenecientes a una misma logia. De hecho, Imanol fue quién presentó a Aníbal en la Orden, haría ya unos cuantos años, dado que ambos eran maestros.

Aníbal era un hombre de cuarenta y pico de años, de pelo castaño y profuso bigote, al estilo de Richard Burton, el explorador inglés. Medía algo así como 1,70 metros, y su complexión era algo gruesa. Un rasgo llamativo era el sorprendentemente bajo volumen de voz con que hablaba, considerando lo robusto de su complexión.

Imanol por otro lado, era un poco más joven que su compañero, de unos 30 años. Su tez oscura, así como su nombre y acento indicaban a las claras su origen morisco. Era un poco más alto que Aníbal, de un metro y ochenta centímetros probablemente, dado que era similar a Roberto en altura.

Éste les contó superficialmente de la tarea encomendada por su logia, y de cómo la misma lo había llevado en compañía de un profano íntimo amigo suyo hasta ese cementerio. Allí se perdía el rastro, junto con su amigo, en poder de aquellos malhechores desconocidos que se lo habían llevado en un auto.

Ambos hombres cruzaron miradas de asombro. El más joven de los dos, Imanol, tomó la palabra.

- Querido hermano Roberto, me disculparás si te hago algunas preguntas más, pero como debes saber, para poder prestarte la ayuda que necesitas, a su vez nosotros necesitamos comprender lo mejor posible cuál es la situación.- Roberto suspiró.

- Por supuesto.-

Les explicó cómo pudo - previo juramento masónico de parte de ambos de no revelar nada de lo que les dijera a ningún profano ni masón - lo que había sucedido con Jaime.

Reveló la naturaleza de su tarea, así como la existencia del opúsculo que le había sido dado para iniciar la misma, y los pasos que habían dado junto con Jaime hasta entonces, desde el palacio Barolo hasta el monumento a Dorrego, y luego hasta ese cementerio, para ver una tumba en particular.

Ahora los dos hombres estaban francamente anonadados. Se mantuvieron en un incómodo silencio durante algunos instantes. Finalmente Aníbal dijo que accederían a ayudarlo. Roberto suspiró con evidente alivio.

- Excelente, queridos hermanos. Les estoy muy agradecido desde ya a ambos.-

- Hermano, no hay nada que agradecer. Esto es parte de lo que juramos.- manifestó el más joven.

- De todas maneras, se puede hacer como una obligación.- Roberto los miró a ambos a la cara.- o se puede hacer como lo hacen ustedes; con alegre sentido del deber, como la cosa más natural del mundo.-

- Ambos agradecemos tus palabras.-

- Muy bien. En ese caso, estimo que lo mejor será entrar al cementerio e intentar dilucidar la siguiente ubicación del peregrinaje; dado que no sé de qué otra manera podremos seguir la pista de los raptores.-

- De acuerdo Roberto. Guía el camino, que nosotros te seguimos.-

Roberto se dirigió entonces hacia los altos portones del cementerio, acompañado por sus dos nuevos compañeros.

La compañía de esos hermanos masones, dispuestos a meterse en todo tipo de problemas; desde el riesgo físico hasta los problemas legales, debido únicamente al pedido de ayuda de otro hermano - en este caso de él mismo.- le ayudaba a calmar sus ánimos, además de recordarle eso que le había dicho su venerable maestro cuando había ingresado a la Orden, la misma noche de su iniciación: "Desde ahora, querido hermano, nunca más estarás solo. En los buenos momentos, pero sobre todo en los peores, contarás siempre con la ayuda de tus hermanos".

No era sino hasta este momento crucial en que

apreciaba en toda su dimensión el significado de las palabras de su venerable maestro. Aquellos hermanos nunca lo habían visto; no lo conocían, y sin embargo estaban dispuestos a verse entremezclados en unos eventos que podían incluir riesgos mortales con tal de ayudar a un hermano masón que necesitaba de socorro.

XIII

"Las ideas no se matan".

Ya había pasado el mediodía cuando ingresaron al cementerio de Recoleta. Aníbal e Imanol seguían a Roberto a dos pasos de distancia. A pesar de haber accedido a ayudarlo y a estar dispuestos a cumplir su juramento hasta las últimas consecuencias, aún persistía en ellos un ánimo de cierta inseguridad respecto de los dichos de su hermano masón.

Roberto había sido inicialmente muy escueto, y luego a regañadientes, cuando no le fue posible dilatarlo más, les había dado los detalles de su tarea y los hitos que habían alcanzado en la búsqueda, hasta el secuestro de Jaime.

Dada aquella reticencia inicial, a ambos hombres aún les preocupaba que Roberto se hubiera reservado alguna información relevante. Cuchichearon un momento sobre ello mientras él guiaba el camino hacia la tumba que debían visitar, y decidieron que, dadas las circunstancias, confiarían en él, de momento.

Luego de recorrer los pasillos del cementerio un buen trecho, finalmente llegaron a la tumba en cuestión. Era una personalidad inestimablemente grande la que descansaba en esa tumba. Un hombre que había alcanzado las más altas designaciones en múltiples ámbitos; había sido Presidente de la Nación, además de Gran Maestre de la Masonería Argentina, entre otras altas responsabilidades que había aceptado y a las cuales había dedicado con ahínco buena parte de su vida.

La tumba de Domingo Faustino Sarmiento los recibía con su aspecto tan peculiarmente masónico. Un podio cuadrangular, revestido en mosaico blanco y negro en damero, el cual albergaba un obelisco. En la punta del mismo había una efigie de bronce; un cóndor; el águila sudamericana. A los pies de esa gran ave, aquella frase que le costó tantas críticas al prócer: Civilización o Barbarie.

Dos altorrelieves vestían la parte baja de las dos caras del obelisco que miraban al frente y a la parte trasera del mausoleo. Uno representando a Mercurio, que incluía una reflexión del propio pecuño del prócer, y que era su deseo que estuviera presente en su tumba: "Una América toda, asilo de los dioses todos con lengua, tierra y ríos libres para todos".

En la cara opuesta del obelisco, el otro relieve mostraba a un Sarmiento sentado y rodeado de niños, junto con su memorable y característica frase "Las ideas no se matan", que escribiera de camino al exilio en Chile, luego de que fuera censurado y cerrado su diario "El Zonda", en su natal provincia de San Juan.

Sobre la derecha del obelisco se apreciaba la bajada a la cripta donde descansaban los restos del ilustre prócer y hermano, cerrada por una pesada tapa de piedra. En la pared lateral, del mismo lado que la bajada, una gran cantidad de placas conmemorativas, que otrora poblaban el obelisco mismo, habían sido removidas del mismo al superar su capacidad, y puestas en aquella pared, la cual ya también casi tapaban por completo.

Estas demostraban el enorme respeto que despertó Sarmiento a lo largo de su vida así como luego de esta; había placas de diversas procedencias que dejaban entreverlo. Había por supuesto también placas de múltiples instituciones a las que el prócer había servido, sino incluso fundado algunas de ellas. Por supuesto, no podía faltar una notoria placa de la Gran Logia de la Argentina, saludando al ilustre hermano.

Sarmiento nació el 15 de Febrero de 1811, sus padres se llamaban José Clemente Quiroga Sarmiento y Ana Paula Albarracín. Vino al mundo en San Juan, región perteneciente por aquel entonces a las Provincias Unidas del Río de La Plata, en el barrio de Carrascal; uno de los más pobres del San Juan de aquellos tiempos.

Sus primeros maestros fueron su padre y su tío, José Eufrasio Quiroga Sarmiento, quienes se ocuparon de que a la precoz edad de 4 años el infante Sarmiento aprendiese a leer. Y a escribir para cuando cumplió sus 5 años. A los 15 años ya era maestro.

Luego se dedicó, todo a lo largo de su vida, a múltiples y diversas actividades; desde maestro, pasando por escritor, periodista, militar y político, siendo su característica distintiva el que a todas aquellas actividades se abocó con un poderoso y avasallante ímpetu y voluntad.

Pueden criticarse muchas ideas y actitudes del hombre, pero no puede negarse la fortaleza y perseverancia con que mantuvo sus convicciones.

- Un gran político, un gran masón, y sobre todas las cosas, un gran ser humano.- Dijo Aníbal. Roberto arqueó una ceja. Imanol sonrió.

- Al parecer este prócer vuestro siempre genera controversias.-

- Así es Imanol, así como en vida fue un hombre controvertido, así luego de ella mantiene ese facultad suya de generar controversia.-

- Roberto, entiendo tus reservas respecto del ilustre hermano Sarmiento.- terció Aníbal.- pero como tú mismo has dicho, ha sido extremadamente controvertido en vida y luego de ella.- hizo una breve pausa antes de continuar.- Precisamente por ello se yergue como un paradigma del masón, en el sentido de que, a pesar de las muchas limitaciones y errores conceptuales de su propia época, supo defender sus convicciones, repito, fueran éstas correctas o no desde nuestro punto de vista, con apasionado ímpetu. Ello le granjeó enemigos doquiera e incluso atentaron contra su vida mientras ocupaba el cargo de la Presidencia de la Nación.- hizo una nueva pausa para tomar aire. Roberto iba a decir algo pero le hizo una seña pidiéndole un instante más.- Sólo me resta agregar que, a pesar de todo lo malo que se ha dicho sobre él, que además cabe reflexionar acerca de cuánto de lo dicho sobre Sarmiento puede verificarse realmente y cuánto es mero rumor malicioso, ese simple mortal, ese muchacho sanjuanino muerto hace ya más de un siglo, ha dejado un legado de cultura y progreso en la forma de gran cantidad de leyes y códigos, además de las numerosas instituciones las que o bien fundó directamente o bien contribuyó a su fundación, que han perdurado en numerosa cantidad incluso hasta nuestros días. Y de lo beneficioso de dichas leyes e instituciones creo que no es necesario hablar. Por todo lo antedicho, no puedo más que observar un respetuoso silencio sobre los errores de este querido hermano que aquí descansa, y una cariñosa admiración hacia un hombre que dirigió su pasión y su fuerza vital hacia el bienestar de la Nación.- Aníbal descansó. Roberto habló pausadamente.

- Querido hermano Aníbal, verdaderamente me ha

impresionado tu apología de Sarmiento. Es verdad que no le guardo mucho cariño en recuerdo de actos de extrema crueldad según mi entender, como ser la desdeñosa actitud que mantuvo siempre hacia los gauchos, o los aborígenes mismos. Sin embargo, soy plenamente consciente de eso que dices respecto de las habladurías, dado que ya me ha tocado realizar alguna investigación sobre personas públicas de la historia, y es impresionante la cantidad de maledicencias esparcidas por sus oponentes en su propio tiempo que tuvieron la mala fortuna de ser incluidas en escritos de la época, pasando así a la posteridad y complicando sobremanera la labor del historiador.- Roberto miró a Aníbal con una sonrisa franca.- A pesar de que no planeo cambiar mi postura respecto del querido hermano aquí yacente, debo decir que tomaré nota de esta reflexión que has hecho respecto del inmenso impacto benefactor que los esfuerzos de Sarmiento han tenido y aún tienen en el devenir de nuestro país, dado que a pesar de que es muy notorio no lo había pensado de esa manera, y realmente me parece que cuando menos opaca en alguna medida esos desgraciados errores del ilustre hermano.-

- Muy bien mis queridos hermanos.- observó Imanol con cierta acidez.- si ya han resuelto, al menos de momento, sus posturas con respecto a este hermano que descansa en este bello y masónico mausoleo, les pediré que por favor nos aboquemos a la tarea que nos convoca, dado que un profano inocente de toda culpa y cargo está en estos momentos sufriendo un secuestro y es nuestro deber averiguar cómo ayudarlo.-

Roberto se asombró de cómo su mente tensa y estresada se dispersaba con facilidad. Así, luego de que Imanol les hubiera llamado la atención sobre la urgencia, había vuelto a la realidad y recordó lo que esa pequeña discusión sobre Sarmiento le había permitido olvidar, y en consecuencia distender por unos instantes la tensión mental; Jaime estaba en poder de los maleantes que perseguían los documentos.

Se volvió hacia la tumba. Entre el propio monumento fúnebre y la miríada de placas conmemorativas había muchas opciones donde podría estar la siguiente pista. Demasiadas, de hecho; no sabía por dónde empezar.

- Muy bien, Imanol, Aníbal, hay mucho que revisar. Ayúdenme por favor; debe haber algo fuera de lugar en este mausoleo. En los casos anteriores fueron inscripciones puestas en lugares disimulados. En principio sería de esperar aquí lo mismo.-

- Muy bien, en ese caso, ustedes dos que son jóvenes revisen lo muy por debajo y lo muy alto, que yo con mis años a cuestas revisaré detenidamente lo de en medio.- dijo con una media sonrisa Aníbal.

- De acuerdo. Manos a la obra, entonces.-

Inspeccionaron palmo a palmo todo el lugar, tarea que les llevó no pocos minutos, dado el tamaño del mausoleo del prócer sanjuanino. Al cabo volvieron los tres al frente del monumento. No habían encontrado nada. Se miraron con patente desaliento en sus rostros. Acordaron hacer un nuevo intento, pero luego de finalizado éste arrojó el mismo resultado. Ya en ese momento estaban francamente desesperados. Roberto miró a ambos compañeros.

- Ya dando por perdido el intento, quisiera ver si no es acaso el único lugar del monumento al que no accedimos el que precisamente guarda aquello que venimos buscando.-

Dicho lo cual, Roberto se acercó nuevamente al monumento, parándose al lado del obelisco. Luego, ante el asombro de sus hermanos, se retrepó al obelisco, y con cierto esfuerzo se encaramó al mismo, hasta alcanzar la base de la estatua del cóndor.

Una vez llegado allí, tanteó un par de veces los pies de la efigie del ave, y luego de varios intentos infructuosos, y ya con la frente perlada de sudor, sus dedos tocaron un relieve entre las patas de la efigie del cóndor. Su rostro se ensanchó en una amplia sonrisa. Hizo señas, y uno de sus compañeros le alcanzó utensilios para tomar nota.

Instantes después, cuando Roberto hubo anotado varias palabras en el papel, con precaución se deslizó nuevamente hasta el suelo.

- Vámonos antes de que nos echen del lugar.-

- Claro Roberto, con que hallaste la siguiente indicación ¿verdad?-

- Así es. Había tres palabras grabadas bajo los pies del cóndor, disimuladas debajo de la frase paradigmática de Sarmiento.-

- Ejem, y bien, querido hermano…- Imanol lo miró con un gesto irónico.- ¿Nos permitirás estar al tanto de lo que decían esas palabras?-

- Por supuesto Imanol, pero ya incluso puedo decirte cuál es nuestra siguiente parada.-

- ¿Y cuál sería?-

- La catedral de buenos aires, mis queridos compañeros de jornada, dado que las palabras grabadas en el metal eran ni más ni menos que "initium magni inaco" o bien puede traducirse algo libremente como "el gran iniciado Inaco", que no puede referirse más que a la persona de nuestro venerado Libertador de América, José de San Martín.-

XIV

"salvum fac populum tuum"
[Salva a tu pueblo]. Anónimo, Te Deum.

Los tres hombres cruzaron las puertas del cementerio a paso raudo. Sabían adonde se dirigían.

- Inaco es el nombre con que se conocía a San Martín en la logia Lautaro.- Roberto sonrió.- Al parecer nuestro benefactor; que deja las pistas, intentó asegurarse; dado que no solamente dejó el nombre simbólico del Libertador, sino además su sobrenombre familiar dentro de la Orden; "El Gran Iniciado".-

- Muy bien. Supongo que dado que sus restos mortales descansan en la catedral de la ciudad, allí es donde nos dirigimos.-

- Exactamente Aníbal, vayamos allí.-

El trayecto era bastante largo desde el cementerio de la Recoleta hasta la catedral. Cruzaron frente al cementerio en busca de un taxi que los acerque al siguiente destino. Dada la hora, ya pasado el mediodía, costó un poco conseguir el taxi; la mayoría de los choferes estarían almorzando a esas horas, igual que el resto de la ciudad.

Largos minutos después, un auto amarillo y negro paró ante su llamado, y los tres subieron. Le dieron la dirección a la que querían ir. El coche arrancó velozmente.

- Respecto de estos poco amigables muchachos con que se topó tu amigo Jaime ¿Hay alguna sospecha de a quién responden?- Preguntó Imanol

- En realidad es un poco acotado el rango de posibilidades.- Roberto carraspeó.- no me gusta como viene sucediendo todo y la sospecha que me genera, pero hasta ahora diría que tiene que ser alguien del tercer grupo de mi taller.-

Roberto habló un tanto crípticamente dada la presencia del chofer. De cualquier manera, éste estaba demasiado ocupado lidiando con el frondoso tránsito de la zona céntrica de la ciudad, y no demostraba mayor interés en conversar con sus pasajeros. Los dos hombres lo miraron con gesto de preocupación.

- ¿Estás muy seguro de ello Roberto?- Imanol lo miró a los ojos- es una situación en extremo delicada si así fuera.-

- Sí, y terriblemente entristecedora también.- acotó Aníbal.

- De momento no tengo otra teoría plausible. Sucede que no conté a nadie ningún detalle, especialmente respecto del librito, hasta que lo mostré a ustedes hace un rato. Sin embargo, aquellos maleantes me lo exigieron en nuestro primer encuentro. Alguien tuvo que hablarles de él.-

- ¿Y no hay ninguna posibilidad de que Jaime haya sido quién informase a esos hombres, y de que su salida no fuera más que un acto teatral? ¿Qué tan bien lo conoces? - Roberto lo miró con un semblante neutro.

- Imanol, comprendo lo que dices, pero conozco a mi amigo desde que éramos pequeños. Es como un hermano para mí, en todos los sentidos que pueda darse a esa palabra. Confío plenamente en él y no voy a contemplar esa posibilidad incluso aunque ello sea mi completa perdición. -

- Perdona si la pregunta es demasiado ácida, pero debía hacerla. Ahora me queda claro tu vínculo con Jaime, de extrema confianza, evidentemente, y estoy dispuesto a respetarlo en los mismos términos en que lo acabas de expresar.-

- Ídem.- acotó Aníbal.

- Muy bien, en ese caso no puedo más que agradecer a ambos su confianza y apoyo, dignos de nuestro real arte...-

Imanol le hizo señas en dirección al chofer y luego llevándose el dedo cruzado sobre los labios.

Permanecieron en silencio el resto del viaje, hasta que el conductor finalmente detuvo el auto en la esquina de las calles Bartolomé Mitre y San Martín, a la vuelta de la catedral, para evitar dar la vuelta a la Plaza de Mayo, dado el intenso y lento tránsito que comúnmente la recorre.

Los dos compañeros se apearon del auto. Roberto pagó al chofer, y luego descendió del vehículo y emprendieron la marcha por la calle San Martín en dirección a la catedral, que tenía su entrada justo a la vuelta de la esquina.

La catedral metropolitana de Buenos Aires era un edificio impresionante. De marcado estilo románico. Con doce altas columnas, tantas como apóstoles –"y como signos del zodíaco", pensó Roberto.- se elevaban frente a ellos sosteniendo un impresionante tímpano, que incluía el friso del francés Dubordieu en alusión bíblica al encuentro entre José y sus hermanos, que trazaba una analogía con el reencuentro de los argentinos después de la batalla de Pavón en 1861.

Aquella catedral tenía una historia larga y llena de complicaciones y vericuetos, como un reflejo de la propia historia de la nación en cuyo suelo se erigía.

Ya el propio Juan de Garay, cuando refundaba la ciudad de Buenos Aires el 11 de Junio de 1580 decía en el acta fundacional: "... yo Juan García Garay, teniente de Governador y Capitan General y Justicia mayor y alguacil mayor en todas estas provincias, por el muy Ilustre el Licenciado Juan de Torres de Vera y Aragon, del Consejo de su magestad, y su oidor en la Real Audiencia de la ciudad de la Plata en los Reynos del Pirú, Adelantado..., y en lugar del dicho señor

Adelantado Juan de Torres de Vera y Aragon... estando en este Puerto de Santa María de los Buenos Ayres, hago y fundo en el asiento una ciudad la cual pueblo con los soldados y gente que al presente he traído para ello, la iglesia de la cual pongo por advocación de la Santísima Trinidad, la cual sea y ha de ser iglesia mayor parroquial...".

De aquella manera, en la propia acta ya quedaba destinado el mismo cuarto de manzana que ocupa hoy el edificio, que en realidad es el sexto de misma función que ocupa aquella ubicación.

Las primeras edificaciones parroquiales fueron más bien toscas, y las que siguieron, desafortunadas en su ejecución, dado que el quinto edificio se derrumbó entre la noche del 23 y la mañana 24 de Mayo de 1752, dejando a la ciudad nuevamente sin su iglesia principal apenas unos 30 años luego de su construcción.

En 1754 se inician los trabajos de construcción del actual edificio catedralicio, los cuales dirige Domingo de Basavilbaso, hombre de confianza del por entonces obispo de la ciudad, don Cayetano Marcellano y Agramont.

Sin embargo del gran impulso inicial de las obras, que permitió inaugurar en 1758 la llamada nave de San Pedro, que se halla a la derecha de la puerta de entrada, y el bautisterio, la obra de la catedral se iría demorando por cuestiones monetarias, de manera tal que fue consagrada recién en 1804. Ese mismo año se inician las obras para realizar lo último que faltaba al templo; las torres y el frontis, pero las obras rápidamente se detienen por falta de dinero.

Será finalmente en 1862 cuando serán completadas las obras, con el friso realizado por Dubordieu; más de un centenar de años de construcción habían dado como resultado un edificio rico en estilos.

Roberto meditaba sobre la historia de aquél edificio parado en la esquina. Aníbal le pidió que dejase avanzar a Imanol sólo al interior del edificio, mientras ellos esperaban allí. Dado que había una posibilidad cierta de encontrarse con los secuestradores de Jaime, era preferible actuar así, ya que Imanol no era conocido por los secuestradores, y sin embargo de que él tampoco sabía cómo eran los maleantes, sí podía observar el interior del edificio en busca de alguna persona en actitud sospechosa o que le llame la atención en las cercanías del mausoleo de San Martín.

Luego de algunos minutos en silencio, Aníbal señaló las escalinatas, donde Imanol les hacía señas de que se acercasen.

- No he podido ver nada ni nadie sospechoso dentro del edificio. Lo recorrí incluso hasta el altar, y no noté nada extraño.-

- Muy bien, en ese caso diría que entremos.- Roberto miró a Aníbal.- y muchas gracias querido hermano por el celo que tuviste al sugerir que Imanol se adelante en busca de signos de los secuestradores.- Aníbal sonrió e hizo un gesto afirmativo con la cabeza.

Ingresaron a la catedral, uno de los pocos edificios catedralicios de Argentina que posee un nártex[1], por la puerta del lado izquierdo. Enseguida torcieron el paso en dirección a la nave más a la derecha, es decir, la quinta del inmenso edificio. Desde esa esquina recorrieron la misma hasta su mitad, lugar en el cual se hallaba el acceso a la capilla de Nuestra Señora de la Paz, donde se encuentra el mausoleo del gran iniciado, José de San Martín, conocido en los círculos lautarinos como el hermano Inaco.

Desde 1880 aquella imponente bóveda guardaba los restos del ilustre general americano. La obra había sido realizada por Albert-Ernest Carrier-Belleuse, artista francés que también era autor del monumento ecuestre al general Manuel Belgrano, emplazado en la adyacente Plaza de Mayo.

Consistía en un monolito central en medio de una cámara circular. A ambos lados del monolito había dos urnas donde descansaban los resto de dos de los comandantes del general San Martín; Gregorio de Las Heras y Tomás Guido.

Sobre el monolito se hallaba el negro sarcófago de mármol donde había sido colocado el féretro de San Martín, traído desde Francia. Éste se encuentra colocado inclinado, con la cabeza de San Martín apuntando al suelo, por expreso pedido del obispado católico, como castigo eclesiástico por su filiación masónica; prohibida ya por aquel entonces por el catolicismo ortodoxo. Guardan los restos mortales del prócer tres estatuas de mármol blanco, que representan a las tres naciones sudamericanas de las que San Martín fue libertador; Argentina, Chile y Perú.

Detrás de los restos del general, contra el fondo de la capilla se halla la urna que contiene los restos del Soldado Desconocido de la Independencia, símbolo de todos los anónimos héroes de aquella época tumultuosa.

Los tres hombres pasaron la entrada guardada por dos granaderos en respetuoso silencio. Dieron la vuelta a la capilla, llegando a la urna del Soldado Desconocido, y a la oscura placa de mármol donde se leía una leyenda con el siguiente epitafio: "José de San Martín, Guerrero de la Independencia Argentina, Libertador de Chile y del Perú... 1778 Yapeyú ... 1850 Boulogne sur Mer. Aquí yace".

- A pesar de que ya he visitado este lugar varias veces, cada vez me vuelve a invadir un sentimiento intenso de estar en presencia de la historia misma.- Dijo Aníbal. Roberto suspiró.

- Sí, a mí también me abruma un sentimiento intenso, como de comunión con el espíritu de estos grandes hombres que dieron su sangre misma por la nación.-

- En mi caso al ser hijo de extranjeros no me pasa lo mismo.- agregó Imanol- sin embargo, sí siento un egrégor peculiar en este lugar, como una presencia poderosa en el aire.-

- Muy bien, en ese caso roguemos que la energía

que rodea este sitio nos sea favorable en la búsqueda que aquí hemos de realizar.-

Se separaron entonces, tomando cada uno de los hombres la zona de cada una de las urnas para comenzar la búsqueda. Roberto comenzó desde cerca del epitafio. Su intención era comenzar a revisar desde el suelo y luego seguir hasta arriba, como habían hecho en la tumba de Sarmiento.

Sin embargo, no tuvo necesidad de levantar la vista. Primero pensó que se había equivocado, sorprendido como estaba ante lo evidente de lo que aparecía frente a sus ojos. Pero al agacharse y pasar los dedos por sobre la marca que había estado mirando en el suelo, notó que no era suciedad ni otra cosa parecida; realmente había una diminuta escuadra cruzada con un compás sobre la esquina del mosaico esquinero entre el suelo y la pared.

Hizo un mudo ademán a los otros dos hombres para que se acercaran y les mostró aquello. Ambos abrieron los ojos con gesto de asombro. Cuchichearon entre los tres los pasos a seguir, dado que estaba el problema de los dos granaderos de la puerta, que no permitirían de ninguna manera que hicieran nada que pudiera potencialmente dañar de alguna manera ese lugar.

Decidieron que Imanol avisaría cuando alguien se acercase, mientras que los otros dos hombres intentarían levantar el mosaico con el menor daño posible. Aníbal metió la mano en su bolsillo y sacó un llavero, el cual tenía adosado mediante una argolla metálica un cortaplumas suizo.

Apoyando una rodilla en el suelo con cierta dificultad, Aníbal pasó la hoja del cortaplumas todo a lo largo del contorno de la baldosa rectangular que contenía el símbolo masónico por excelencia.

Una vez terminada esa operación, le pidió a Roberto que intentase retirar la pieza del suelo mientras él la presionaba en un costado con el cortaplumas. Por fortuna no fue necesario más que un par de intentos, y la baldosa se desprendió limpiamente.

Roberto la corrió a un costado y miró el hueco que había dejado la misma. No había nada. Intrigado, miró el anverso de la baldosa, y notó que había una serie de trazos tallados en la cara que había estado escondida contra el suelo.

Con cuidado, frotó la pieza para quitarle un poco de la suciedad que no permitía discernir lo que estaba tallado. Era una serie de palabras escritas: "vestigia amissa senatus".

- Claro como el agua.- Roberto sonrió ante el comentario de Aníbal.-

Notas:

1-   Especie de atrio que separa el resto del edificio religioso respecto de la entrada, la cual consiste en un pórtico, y luego desde el propio nártex dos puertas a cada lado de la nave principal.

XV

"Amicus certus in re incerta cernitur"
[Un amigo en la necesidad es un amigo de verdad]. Cicerón.

Con cautela para no dañar nada volvieron a colocar la baldosa en su lugar y salieron de la catedral. Parados a la puerta de la misma discutieron las acciones siguientes. A pesar de que esperaban ver a los secuestradores, éstos no se habían hecho presentes, y ahora tenían una pista de dónde debían ir a continuación.

- Creo que si no han mostrado el rostro hasta ahora, ya no lo harán tampoco. O bien, aunque suene preocupante, nos están observando en este preciso momento y no tienen necesidad de mostrarse, ya que nos podrán seguir hasta la siguiente ubicación – Roberto miró a sus compañeros.- o bien podría suceder que hayan pasado antes que nosotros por aquí y ya estén de camino a la siguiente parada.-

- Estoy de acuerdo. En cualquiera de ambos casos

no mostrarán su rostro aquí en la catedral, por lo que sugiero que nos movamos.- señaló Imanol.

- Si, vayamos al congreso; quizás tengamos oportunidad de sorprenderlos aún allí.-

Los otros estuvieron de acuerdo, por lo que comenzaron a caminar en dirección a la avenida De Mayo. Su siguiente destino, el Congreso de la Nación Argentina, se hallaba en línea recta por aquella avenida, a poco más de unas diez manzanas desde donde estaban.

Roberto miró su reloj. Apenas habían pasado las trece horas. Había sido una visita extremadamente veloz la del mausoleo del libertador. Propuso caminar hasta la esquina de la avenida y allí tomar un taxi con la esperanza de poder llegar a tiempo de interceptar a los secuestradores de su amigo. Los otros dos hombres aceptaron.

Pocos minutos después, ya sentados en el mullido asiento de un auto se encaminaban velozmente al edificio donde funcionaban las dos cámaras que componían el Congreso Nacional; las Honorables Cámaras de Diputados y Senadores de la Nación.

Los tres hombres iban en silencio, conscientes de la posible confrontación con los secuestradores, escasos minutos por delante. El taxista hizo su acostumbrada lucha con el tránsito capitalino, y finalmente se detuvo en la esquina de las avenidas Entre Ríos y Rivadavia, obligándolos a salir de su cavilosa postura. Abonaron al chofer y descendieron del auto. Cruzando la calle se alzaba el imponente edificio del Congreso de la Nación Argentina.

El palacio legislativo era una construcción de estilo grecorromano de proporciones titánicas, que hacían de él el segundo edificio parlamentario más grande del mundo. Había sido construido entre 1897 y 1946, aunque ya hacia 1906 se realizara su inauguración, para el inicio del 45° período legislativo, durante la presidencia de José Figueroa Alcorta.

La obra del palacio fue planificada por Víctor Meano, un arquitecto nacido en Susa, Italia. Se le adjudicó de entre otros 27 proyectos presentados a raíz de la promulgación de la ley 3.187 de 1894 a los efectos de la construcción de un edificio legislativo que pudiera cubrir las necesidades presentes y futuras del poder legislativo nacional.

Meano no llegaría a ver inaugurada su creación, debido a que en 1904 fue asesinado por su ex mayordomo, en un drama pasional dado que éste habría tenido una aventura con la esposa del arquitecto. La obra, luego del trágico deceso de Meano, fue continuada por Julio Dormal, junto con la obra del Teatro Colón, que también estaba a cargo del difunto arquitecto.

El edificio tiene como característica remarcable su cúpula, que alcanza una altura de 80 metros. La construcción de la cúpula implicó una gran obra de ingeniería, que debía soportar las 30 mil toneladas de la superestructura de la cúpula central.

La entrada principal del edificio, conocida como "entrada de honor" se encuentra sobre la avenida Entre Ríos. Está ubicada en un atrio central, con seis columnas estilo corintio que soportan un frontón triangular, y la puerta está custodiada por dos cariátides de mármol.

Originalmente guardaban la escalinata de la entrada principal dos grupos de esculturas de Lola Mora, simbolizando la Libertad, el Progreso, la Paz y la Justicia, pero las figuras desnudas fueron criticadas y en 1916 se quitaron. En su lugar hay actualmente cuatro leones alados, que sirven de base para sendos faroles con tulipas de opalina talladas.

Hacia allí caminaron los tres hombres. Pero en lugar de permitirles pasar, los remitieron a la entrada ubicada en la calle lateral, la avenida Rivadavia, que era el acceso a la Cámara de Diputados.

Allí se dirigieron con paso algo nervioso. Por fortuna para ellos ese día el congreso no sesionaba, por lo que les permitieron el ingreso, al manifestar ellos que deseaban tomar unas fotografías del salón de los pasos perdidos, para un ensayo de historia que estaban realizando. Ingresaron entonces a aquel edificio cargado de una intensa mezcla entre historia y leyenda.

XVI

"Nos los representantes del pueblo de la Confederación Argentina...".
Preámbulo de la Constitución de la Nación Argentina.

Salón de los pasos perdidos se denomina a una sala cercana a la cámara de diputados, en la cual éstos reciben visitas, se realizan eventos y otras actividades. Además, funciona allí la Sala de Exhibición Permanente, que muestra piezas que evocan a quienes ocuparon plaza en aquella cámara.

El salón en sí es un amplio espacio rectangular, con un balcón todo alrededor en una segunda planta, guardado por una baranda de hierro forjado. En sus extremos está adornado con dos pinturas; Los Constituyentes del 53 de Antonio Alice y Apertura del Período Ordinario de 1886 por parte del presidente Roca, de Juan M. Blanes.

Ingresaron al salón con los nervios en tensión. Aunque trataban de disimularlo como podían, para no llamar la atención del personal de seguridad del edificio, los tres estaban en extremo envarados, caminaban con un paso rígido, casi marcial. Se acercaron a una de las mesas distribuidas en el ambiente y tomaron asiento.

Instantes luego, al no detectar la presencia de los temidos malvivientes, aflojaron un tanto la postura. Poco después incluso se miraron conspicuamente, y Roberto soltó una risita nerviosa.

-¡Qué caras que tenemos los tres! Parece que hubiéramos visto un fantasma.-

-Bueno algo así podría decirse, dado que lo que temíamos encontrar no ha aparecido y ha terminado por ser una mera ilusión nuestra.-acotó Aníbal.

-Sí, afortunadamente para nosotros y desafortunadamente para tu amigo Jaime, no han aparecido nuestros "acompañantes de viaje"-

-Sí, compañeros de viaje no elegidos y realmente indeseables, pero compañeros al fin... por desgracia.-

Miraron unos minutos alrededor en busca de alguna señal de la presencia de los delincuentes que se les hubiera pasado por alto en la primera inspección. Al no ver nada llamativo, decidieron hacer una pasada por la sala. Para ello, se repartieron las áreas a recorrer; Imanol pasaría por el balcón de la planta alta, Aníbal revisaría el ala del lado de la pintura de Blanes y Roberto el ala del cuadro de los Constituyentes del 53.

Luego de la ya rutinaria inspección en busca de

algún detalle llamativo en el salón, que también como venía siendo usual no arrojó resultado útil alguno, volvieron a tomar asiento en la misma mesa de antes.

- Bueno, para variar, no he podido encontrar nada que me haya llamado la atención.- dijo Imanol.

- Ídem.- anunciaron al unísono Aníbal y Roberto.

- Es que para colmo éste es un lugar en extremo transitado y público; miles de personas visitan el congreso todos los años, y casi todas pasan por esta sala en algún momento, dado que es una de las más famosas del edificio, luego de las cámaras de los representantes, por supuesto.- Imanol miró a sus compañeros.- además, dadas las necesidades de seguridad del edificio, el mismo es inspeccionado permanentemente en busca de artefactos explosivos y de otras índoles, por lo que cualquier vericueto donde pudiera esconderse una pista de nuestra búsqueda pudo haber sido víctima del celo de la seguridad del edificio en cualquier momento del siglo que el edificio lleva en pie.-

- Claro, claro. Sin embargo, quien ideó esta "búsqueda del tesoro" seguramente tenía en mente eso que dices, querido Imanol, por lo que de todas maneras yo seguiría trabajando bajo la premisa de que la pista sigue en su lugar.- aportó Aníbal.

- Por supuesto. No es que tuviera intención de desistir, sino simplemente expresar en alta voz mis temores.- sonrió.- tal vez como una manera de exorcizarlos.- ahora los tres sonrieron.

- Sí, supongo que sirve para exorcizar los temores de los tres entonces, querido hermano.- Roberto suspiró.- Bueno, opino que debemos dar otro paseo por la sala, sólo que esta vez revisando más detalladamente. Tengan presente que estamos siendo observados por el personal de seguridad del edificio, así que muestren toda la curiosidad que deseen por cada objeto, pero háganlo con las manos fuera de los bolsillo y bien separadas del cuerpo. No queremos terminar en la dependencia policial de la zona.-

Dicho lo cual los tres hombres volvieron a ponerse de pie y se esparcieron por la sala, en un nuevo intento de hallar algún indicio de la próxima pista. Hubo de pasar un buen rato hasta que Imanol se envaró de repente, y buscó con la mirada a Aníbal, que estaba relativamente cerca. Sus ojos mostraban nerviosismo. Aníbal, al verlo, hizo señas a Roberto para que se acercara. Imanol señaló en dirección al suelo.

- Allí, justo sobre el zócalo ¿Lo ven?-

Lo veían. Se trataba nuevamente de una escuadra y compás cruzados conformando el símbolo masónico por antonomasia. Estaba ubicado justo encima del zócalo de mármol que rodeaba todo el salón.

Se miraron consternados. Era demasiado expuesta la ubicación de aquella señal. No podían simplemente sacar el cortaplumas y ponerse a escarbar en medio del Congreso de la Nación. Se alejaron en dirección a la mesa. Allí discutieron unos minutos el camino a seguir.

Solo había dos guardias en el lugar; un agente en la planta alta del salón y otro en la puerta. Dado que no había sesión ni actividad oficial alguna, el congreso estaba casi desierto; incluso había pocas visitas.

Decidieron que intentarían escarbar la pieza de mármol mientras uno de ellos distraía al guardia de la puerta y el otro tapaba en la medida de lo posible el accionar de quién utilizaría el cortaplumas. El otro guardia no sería un problema en principio dado que estaba en aquel momento parado justo arriba de donde ellos debían actuar.

Volvieron a dirigirse hacia el lugar donde se hallaba la marca en la pared. Roberto pensó en lo inverosímil de que aquella marca hubiera estado allí desde hace casi un siglo sin que nadie la hubiera tocado nunca. Se encogió de hombros. "Supongo que es lo mismo de siempre; todo está siempre a la vista de quien lo sabe ver".

Imanol con su aire extranjero intentaría entretener al guardia durante unos instantes, mientras Roberto, armado del cortaplumas, intentaría mover la pieza de mármol conteniendo la marca masónica, en tanto que Aníbal se ubicaría de manera tal que enturbiase la visión del guardia de la puerta en caso de que mirase en aquella dirección.

Todo aquel plan que habían trazado en unos instantes parecía bastante sólido, incluso con alguna posibilidad de viabilidad. Sin embargo, no bien Imanol se acercó a hablarle al guardia, éste miró en dirección a sus dos compañeros. Aníbal estaba mirando al guardia hablar con Imanol, en tanto que cubría en parte el quehacer de Roberto.

Al agente, selecto ex militar y especialista en seguridad diplomática, al instante le sonó la alarma mental. Empujó sin miramientos a Imanol, dando un grito y se abalanzó sobre los dos hombres que estaban junto a la pared. Roberto estaba acuclillado, fingiendo que ataba sus cordones, así que no podía aportar gran cosa a su defensa. Sólo Aníbal se las vería con el enfurecido agente que se abalanzaba sobre ellos.

XVII

"Nemo me impune lacessit" [*Nadie me ofende impunemente*].
Lema oficial del Reino de Escocia.

Aníbal, viendo todo perdido, con el agente de seguridad ya prácticamente encima, recurrió a la señal masónica de socorro. Y acertó al hacerlo.

El guardia se paró en seco, como si hubiese recibido un golpe en el pecho. Lo miró fijamente, como embobado. El hombre esperaba vérselas con un grupo de terroristas o activistas políticos en el mejor de los casos, y ahora el tipo que tenía enfrente se despachaba con la señal masónica de auxilio. No entendía lo que estaba sucediendo.

Receloso, se acercó al hombre que le había hecho la señal. El otro agente corría a su lado ya en ese momento, pero el agente le dijo que había sido un error, y lo mandó de nuevo a su puesto. Pidió disculpas en alta voz a los hombres, mientras le hacía señas a Aníbal de que lo siguiera. Se fue contra la pared, fuera de la visión del agente de la planta alta. Se dio la vuelta y enfrentó a Aníbal. Lo miró expectante.

Aníbal le tendió la mano, y realizó el apretón de manos correspondiente. Se identificó como maestro masón; mientras que el guardia hacía lo propio. Intercambiaron información referida a sus logias, así como otras logias que ambos conocían, hermanos en común, de manera tal que finalmente ambos se dieron por satisfechos respecto de la identidad del otro.

Entonces Aníbal le explicó el motivo de su presencia allí, en palabras breves y concisas. El hombre abría cada vez más los ojos a medida que los detalles de la peripecia eran narrados por su interlocutor.

Cuando hubo terminado, el guardia, que se identificó como Alejandro, lo acompaño junto a sus amigos, que estaban aguardando, expectantes. Los llamó y dijo que estaba dispuesto a ayudarlos. Les informó que dentro de media hora habría un relevo de la guardia, así que tenían esos treinta minutos para sacar la pieza de mármol.

- Sin ningún daño al patrimonio del edificio.- agregó, con gesto serio.

- Por supuesto, así lo haremos, querido hermano. Muchas gracias.-

Se alejó hacia la puerta, y retomó su ubicación de guardia. En el acto los tres se abocaron al problema. Roberto no había conseguido gran cosa dado que el agente no les había dado tiempo a nada. Tomó nuevamente el cortaplumas, y forcejeó con toda la delicadeza que pudo con el mármol de la pared.

Sentía un gran temor de dañar aquel edificio. Imponía respeto; allí era donde la democracia ocurría. La sensación que producía esa noción era casi de fervor religioso. Por ello, intentó dañar lo menos posible la pared. Luego de un par de forcejeos, la pieza cedió un tanto. Aún costó igualmente otro minuto de cuidadosos forcejeos hasta que estuvo al fin liberada de su prisión de piedra.

Tomó la pieza de mármol y con delicadeza la apartó de su alojamiento intramuros. La pared estaba completamente lisa debajo. No había nada. Lo mismo que en el mausoleo de San Martín, volteó la piedra extraída. Detrás había un hueco sumamente regular, de forma cuadrada, con una profundidad de apenas unos dos milímetros. Dentro de la oquedad, firmemente adherido, descansaba un librito amarillo, algo deteriorado dado el extenso período que llevaba enterrado.

Sobre su superficie se apreciaba con claridad, a pesar del deterioro producto del paso del tiempo, un breve y sorprendente título: "Transacciones <<Mayo>>. 1870-1873". Al pie aparecía un nombre que era lo que en realidad sorprendía del caso. Bartolomé Mitre. Se miraron en emocionado silencio.

Ninguno de los tres sabía de la existencia de dicho opúsculo de Mitre. Todos tenían una idea moderadamente clara de quién fue Mitre dada su gran relevancia en la historia argentina, y dado que fue también un masón de grado 33, lo mismo que Sarmiento y muchas otras figuras del panteón nacional.

Sin embargo, no habían oído hablar de ese opúsculo ni tampoco tenían mucha idea de a qué se referiría. Iban a ponerse a leerlo cuando el agente de la puerta les hizo señas perentorias. Había que salir de allí. Debía estar llegando el relevo de la guardia.

Ya lo revisarían fuera; ahora era necesario colocar rápidamente la pieza de mármol en su lugar y salir de allí. Nuevamente con los recaudos necesarios para no dañar la pared del edificio, Roberto volvió a colocar la pieza en su antiguo lugar, el que ocupara ininterrumpidamente desde hacía poco menos de un siglo. Al terminar, se puso de pie y los tres se dirigieron a la puerta del salón.

- Querido hermano te estamos muy agradecidos por la ayuda que nos has podido prestar. Oportunamente, te invitaremos a nuestra logia para agasajarte como corresponde y podremos hablar con tranquilidad. Mientras tanto, deseo con sinceridad no haberte generado ningún inconveniente.- lanzó en voz baja Aníbal al pasar.

-No es más que el deber de un buen masón, hermano. Que tengan buena faena con su tarea.- respondió en el mismo tono el agente.

Salieron a la calle pocos minutos después. La avenida Rivadavia, por donde habían ingresado en un principio, los recibía nuevamente, con su tránsito pesado y las bocinas de los pequeños napoleones al volante, deseosos de hacer desaparecer a todos los que les interrumpían el paso a los bocinazos.

Imanol lanzó la idea de cruzar la calle en dirección a la avenida Callao, para buscar un bar o café donde poder sentarse con tranquilidad y cierto grado de intimidad a examinar el texto hallado en el congreso. Ambos hombre aceptaron.

Ahora que la tensión de la aventura del congreso había pasado, Roberto recordó a su amigo Jaime, aún en manos de sus secuestradores, con paradero desconocido. Aquellos tipos seguían en la sombra. Los tres habían esperado verlos merodear el congreso, pero ahora se daban cuenta de que habían pecado de ilusos; la guardia que hay allí, aún en días de nula actividad parlamentaria como el presente, hacían imposible todo tipo de acercamiento que no fuera amigable y cortés por parte de esos tipos, caso contrario la guardia del congreso los hubiera reducido en un parpadeo. No, no se los encontrarían en el congreso. ¿Pero dónde entonces?

Tristemente, la respuesta vino a hacerse presente mucho más rápido de lo que esperaban. En cuanto doblaron la esquina de Rivadavia y Callao, de frente aparecieron dos hombres caminando en dirección a ellos. Roberto los miró con extrañeza. Le parecían familiares. Su alarma no sonó hasta que era demasiado tarde.

Ya casi al lado de ellos, el hombre que venía del lado interno de la vereda tropezó violentamente, dando sobre Roberto de lleno, con lo que ambos hombres fueron a parar al suelo. Entre quejidos y disculpas, el hombre intentó ponerse nuevamente en pie, siendo asistido por el acompañante que, raudo, se abalanzó sobre ambos caídos, prestando también ayuda a Roberto.

Enseguida se sumaron los dos compañeros de aventuras a la ayuda, y prontamente estuvieron todos en pie nuevamente, en apariencia sin mayores consecuencias. Los dos hombres parecían compungidos. Pidieron disculpas enfáticamente aunque también velozmente, dado que manifestaron estar apurados. Al instante ya habían partido y ellos seguían camino en dirección a un bar que habían avistado.

En ese momento, finalmente, la alarma mental de Roberto sonó. Claro. Ahora era demasiado tarde. Metió nerviosamente la mano en su bolsillo, para encontrar lo que temía; el librito de Mitre no estaba allí.

Se quedó inmóvil de repente, al punto que sus acompañantes siguieron aún algunos pasos antes de parar y darse media vuelta a observarlo. Les dirigió una mirada de profunda consternación. No hizo falta mediar palabra alguna. Lo sucedido estaba claro. Miraron hacia atrás, en dirección al lugar donde los dos hombres habían desaparecido. Incluso fueron hasta la esquina velozmente con la esperanza de atraparlos aun subiendo a algún taxi. Nada. Nada de nada. Perdido. Todo. Esa era la sensación del momento. Desaparecido el librito que ni tan siquiera habían tenido oportunidad de husmear, la búsqueda se veía truncada irremisiblemente.

Se acercaron a un bar y tomaron asiento, pidiendo café negro para todos. Nada de té. Hubieran pedido un whisky pero eran abstemios los tres. Las miradas eran parcas. Minutos antes pensaban estar sentados a esa mesa con ánimo de discutir el siguiente paso. Ahora, había que analizar si iba a haber algún paso más.

XVIII

"Intelligenti pauca"
[A buen entendedor, pocas palabras bastan]. Anónimo.

Inspiración. A pesar de toda la ciencia humana, aumentada y perfeccionada a todo lo largo y ancho del globo, lo psíquico sigue representando el misterio máximo, indevelable, la más fascinante terra incognita. El gran misterio que es el propio ser humano. En esa línea, la inspiración ha sido blanco en muchas ocasiones de todo tipo de teorías, dado el aspecto asombroso, a veces casi mágico o pre cognitivo, que la misma presenta.

Algunos han dicho que es de origen divino, es decir, que el dios o los dioses dan al humano inspirado información proveniente de su seno, dado que de otra forma no podría haber llegado a su conocimiento.

Otros han recurrido a complicadas explicaciones fisiológicas que involucran la velocidad de sinapsis cerebral y ciertos "accidentes de sincronismo" entre

hemisferios cerebrales que hacen que lo que en realidad ya fue procesado mentalmente y llegado a una conclusión, ahora aparezca como completamente nuevo aunque inexplicablemente pre conocido. Lo que vulgarmente se ha dado en llamar "deja vú".

Entre un extremo y el otro, todo tipo de explicaciones han sido ensayadas con el fin de explicar ese fenómeno mental que, aún hoy, permanece incógnito en su esencia.

Y precisamente, inspiración era lo que se requería en aquel momento, en que esos tres hombres enfrentaban la posibilidad de que la vida de un ser humano terminara trágicamente, además de la pérdida de documentos de valor incalculable, ambos a manos de aquellos delincuentes que acechaban como depredadores.

La inspiración, sea divina o no, le llegó en esa oportunidad a Aníbal, quién de pronto cambió su expresión de la tristeza a la euforia, con tan grande velocidad y efecto que sus compañeros retrocedieron asustados. Los miró con una amplia sonrisa, que parecía ocupar todo su rostro. Parecía haber enloquecido.

- Imagino lo que están pensando, y no, no me he vuelto loco ni tampoco es un pico de stress.- bajó la voz.- es que se me acaba de ocurrir algo. En rigor, acabo de recordarlo.- corrigió alegremente.- es que nuestra logia efectúa sus trabajos en el templo "Hijos del Trabajo" del barrio de Barracas, y a veces nos hemos topado con algunos venerables hermanos que lo son no sólo masónicamente sino además por su extensa edad y sabiduría.- ahora miró a Imanol, pero notó que no conseguía comprender de lo que estaba hablando.- Junto con el hermano aquí presente, hemos tenido el placer de conocer a una leyenda de la Orden; un respetable hermano de grado 33, de unos noventa y pico años de edad, que es declarado erudito en temas relacionados con el ilustre hermano Mitre.- ahora Imanol se dio una palmada en la frente.-

- ¡Claro!¡Cómo no caí en la cuenta antes!¡Era tan claro!- Aníbal sonrió.

- Lo era, querido hermano. Sin embargo, la inspiración fue toda mía, por lo que reclamo para mí el honor de haber salvado la partida... o al menos eso espero.-

Lanzó Aníbal con ánimo bromista. Imanol sonrió. Roberto soltó una risita breve. Todos se aflojaron un poco. Una nueva chispa de esperanza brillaba, devolviéndoles algo de la fuerza y del ánimo perdidos.

- Muy bien, volviendo a lo que iba diciendo, este hermano no tiene familia, por lo que virtualmente vive en el templo. Podríamos ir a verlo para preguntarle por el opúsculo. Él debe conocerlo, siendo como es la persona viva que más investigó acerca del querido hermano Mitre.-

- Bueno, esa es una idea excelente, sobre todo teniendo presente que es lo único que tenemos para poder seguir.- masculló Roberto.- así que voto a favor de la propuesta del hermano.-

- Ídem.- manifestó Imanol con una sonrisa.

- En tal caso, queridos hermanos, no perdamos más tiempo y vayamos de inmediato al templo de Barracas.-

Pagaron la cuenta y buscaron un taxi en la puerta del bar. Una vez consiguieron coche, Aníbal le indicó la dirección a la que querían ir, y el chofer arrancó raudo con rumbo al barrio de Barracas, en la zona sur de la ciudad.

El viaje transcurrió en silencio. Todos estaban tensos y temerosos de que aquella inspiración de Aníbal no fuera más que un manotazo de ahogado. Deseaban coronar con éxito esa visita a Barracas, pero temían el resultado contrario.

El coche se detuvo en el número 814 de la calle San Antonio, donde estaba emplazado el templo de los Hijos del Trabajo. Roberto había oído en reiteradas ocasiones mencionar aquel templo. Incluso había visto algunas fotografías del lugar. Nada de eso lo preparó para lo que vio en aquel momento.

Pararse frente a ese edificio tan peculiar producía la fantástica sensación de traspasar una línea entre lo profano y lo sagrado. Roberto sentía como si estuviera en un lugar donde el tiempo no significaba nada. Se perdía en la contemplación de la numerosa y rica simbología del frente del templo.

El edificio tenía un amplio frontis, sostenido por tres columnas. La puerta que daba acceso al mismo se hallaba a la izquierda. El estilo ornamental del frente era netamente egipcio, incrustando en toda la ornamentación una extensa muestra de símbolos masónicos.

Sobre las columnas se leía en gran tamaño el nombre del templo: Hijos del Trabajo. Entre las dos primeras columnas había una escuadra y un compás cruzados con la letra "G" en el centro, mientras que en el hueco entre la segunda y la tercera se veía el ojo en medio del triángulo, símbolo de Dios padre en la Trinidad.

La puerta, de doble hoja de madera, estaba guardada desde su dintel por dos esfinges, que desde cada parante de la misma miraban al centro. Sobre ellas, se apreciaba un relieve de las pirámides de Egipto.

Para Aníbal e Imanol, que ya conocían el edificio dado que su logia realizaba sus trabajos allí, no era demasiado distinta la sensación, perenne, de pisar suelo sagrado.

Golpearon a la puerta, y hubieron de esperar un buen rato hasta que un hombre mayor preguntó desde el otro lado por su identidad. Aníbal se identificó y, saludando al viejo, le pidió que los dejase pasar, preguntando además por el querido hermano al que venían a visitar.

El portero procedió a abrir trabajosamente la puerta, y les dijo que el hermano que buscaban efectivamente se encontraba allí, como siempre, tomando mate con bizcochos. Los tres se mostraron algo más distendidos, ya que su primer temor era precisamente que el hermano no estuviera allí.

El portero los invitó a pasar, y los acompañó hasta donde se hallaba el venerable anciano, en el sentido más clásico de la palabra; venerable por su gran edad y sabiduría, sin considerar cualquier otro atributo de aquel hombre.

Estaba tranquilamente instalado en un asiento mullido, comiendo un bizcocho mientras con la otra mano sostenía un mate. El aspecto general de aquel anciano era apacible; como el de un hombre que ha caminado un largo sendero, y que ahora que está llegando al final de su camino se siente satisfecho de lo recorrido. Los miró con curiosidad. Enseguida reconoció a los dos hombres que periódicamente concurrían al templo, y saludó a ambos por su nombre. Miró a Roberto con interés, al tiempo que le tendía la mano, que Roberto se apresuró a estrechar.

Luego del reconocimiento habitual, el hombre se presentó. Su nombre era Esteban. Roberto hizo lo propio. Luego de las presentaciones y de un breve intercambio de saludos para los respectivos venerables maestros y demás hermanos de las logias de cada cual, Esteban miró a los tres hombres tranquilamente mientras preguntaba por sus motivaciones.

- Queridos hermanos, imagino que están aquí por algún motivo particular, dado que según escuché oportunamente preguntaron al portero por mi presencia.-

- Así es, querido hermano.- respondió Aníbal.- En reiteradas ocasiones te he escuchado hablar con vasto conocimiento del querido hermano en oriente eterno Mitre, y hoy nos ha surgido la necesidad de hacerte una consulta respecto de él.-

- Muy bien, Aníbal, escucho atentamente.-

- De acuerdo. Tuvimos brevemente en nuestro poder un pequeño escrito del hermano, pero no llegamos a ver de qué se trataba antes de que nos fuera arrebatado por unos malvivientes en un arrebato callejero.- al ver que el anciano se preocupaba aclaró.- afortunadamente no hubo que lamentar ninguna violencia hacia nuestras personas, pero el librito nos fue robado.-

- Entendido. Imagino que será un librito poco común, dado que si no antes de mí hubieran concurrido a cualquier biblioteca o incluso librería.-

- Sí, era una especie de opúsculo de edición casera, titulado "Transacciones <<Mayo>>. 1870-1873"- el viejo carraspeó con fuerza, con gesto azorado.

- ¡Queridos hermanos, ese sí que es un ejemplar peculiar!¡Les agradezco que me hayan regalado, con mis noventa y cinco años, una sorpresa!¡A esta edad ya pocas cosas provocan esa sensación en mí!-

- De nada, venerable hermano. Veo que entonces no te es desconocido este título que menciono.-

- Para nada. Es un texto peculiarmente interesante, dado el escaso registro disponible de las transacciones de las logias de aquel momento.- los miró con aire satisfecho.- además, imagino que es su día de suerte, porque la única copia de la que tuve noticia hasta este momento, está guardada celosamente en la biblioteca de este templo.-

Ahora sí, los tres hombres respiraron aliviados. Roberto tenía una sonrisa amplia, amplia. Había llegado a suponer que perdería la oportunidad de rescatar a su amigo de las garras de aquellos malvivientes.

El anciano hermano Esteban se paró no sin cierto esfuerzo, y los acompañó con paso calmo pero firme hasta la entrada de la biblioteca popular Federico Garrigós, que funcionaba en el templo.

Una vez dentro se dirigió al fondo del local, donde un pequeño anaquel empolvado guardaba detrás de un vidrio algunos ejemplares antiguos, a juzgar por su aspecto. Sacando de un bolsillo la pequeña llave que abría el anaquel, Esteban procedió a abrirlo y tomar un fino librito de cerca del extremo del anaquel.

Les dio el opúsculo, pero cuando Roberto lo iba a tomar de sus manos, le tomó con suavidad la mano y le dijo:

- Querido hermano, cumplo en advertirle que este libro lleva más de cien años en esta biblioteca. Le voy a agradecer que tenga la amabilidad de cuidarlo en extremo y de devolverlo una vez haya podido utilizarlo para lo que sea que lo requiera.-

- Por supuesto, venerable hermano, así lo haré.-

Roberto dudó.- Y sepa usted que le estoy muy agradecido por la ayuda que nos ha prestado, dado que el libro nos es necesario para prestar una gran ayuda a un profano que la necesita.-

- Roberto, no es necesario que me diga para qué necesita el libro, no se sienta comprometido a revelarme nada que deba guardar para usted.- lo miró a los ojos.- joven, con esta edad que tengo he desarrollado un sexto sentido para detectar cuando las personas tienen buen aura y cuando no.- hizo una pausa breve.- usted joven, tiene buen aura, por lo que no es necesario que me diga algo que de todas maneras ninguno de los dos sabemos si es lo que parece.- Roberto lo miró con extrañeza.

- No comprendo...-

- Ay mi querido hermano, tantas veces creí estar seguro de lo que tenía delante sólo para verme desengañado breve tiempo después...- le tomó el brazo con un poco de insistencia.- si hay algo que se enseña tempranamente en la orden es precisamente lo poco confiables que son los sentidos del hombre, a pesar de ser la única manera de contacto con el exterior de nosotros mismos. Por ello, siempre debes conservar un cierto grado de desconfianza con respecto a todo lo que te rodea. A eso me refería, mi muy estimado hermano.- le soltó el brazo y le dio una palmada afectuosa en la espalda.- ahora anda, querido hermano, y que tengas el mayor de los éxitos en la empresa en que estás embarcado.-

- Muchas gracias, venerable hermano.- musitó Roberto, alejándose algo confuso luego de las palabras del anciano.

Pero en cuanto salieron de la biblioteca rápidamente despejó su mente. No había tiempo que perder; ya habían demorado preciosos instantes en su viaje al templo en busca de la copia del opúsculo. Sus contrincantes tenían una ventaja abrumadora. Había que ganar terreno o posiblemente nunca volvería a ver a su amigo.

XIX

"Ab urbe condita" [*desde la fundación de la ciudad*].
Datación romana.

No hizo falta demasiada labor para deducir el siguiente destino en su peregrinar. El opúsculo de Mitre era un registro de actas de las tenidas masónicas realizadas por el propio Mitre y otros hermanos durante el período de 1870 a 1873, con objeto de la concreción del monumento a Manuel Belgrano, que fue erigido en la por aquel entonces Plaza 25 de Mayo, la cual era sólo una parte de la actual plaza. La otra parte era la plaza de La Victoria, que se hallaba separada de la primera por la Recova Vieja; una construcción consistente en un largo edificio, que corría todo a lo largo del espacio entre las actuales calles Hipólito Yrigoyen y la avenida Rivadavia; allí se comerciaba todo tipo de mercaderías. Recién hacia 1884, con la demolición de la Recova, se unificarían ambas plazas en la actual plaza De Mayo.

En aquella plaza se encontraba, además del monumento a Manuel Belgrano, la Pirámide de Mayo, erigida en la parte oeste de la plaza en 1811, conmemorando el primer aniversario de la revolución de mayo.

Aquella pirámide, que en realidad es un obelisco, tenía una historia tan accidentada y agitada como la plaza misma; había sido trasladada a distintas posiciones en la plaza; incluso había sido reconstruida nuevamente en base a la original por Prilidiano Pueyrredón.

Se hallaba coronada por una efigie representando la Libertad, obra del escultor Joseph Dubourdieu, que ha servido como modelo para la alegoría de la Argentina; esa joven mujer de rasgos nobles y abundante cabellera, tocada con un gorro frigio.

Los tres hombres llegaron en un nuevo taxi a la esquina de Bolívar e Hipólito Yrigoyen. Allí descendieron con cierta premura, pasada ya la euforia de haber recuperador la pista, y nuevamente temerosos de perder el rastro de los captores de Jaime.

- Bueno, queridos hermanos, hemos llegado. Ahora a caminar.- dicho lo cual, Roberto inició la marcha en dirección al monumento a Belgrano.

- Esta peregrinación está terminando por tocar los puntos clave del edificio nacional.- comentó Aníbal.

- Así es, querido hermano. Faltaría no más que nos termine llevando a la casa que está allí enfrente y creo que estaría completo.- señaló Roberto la Casa Rosada.

Caminaron en dirección al monumento ecuestre a Belgrano, pasando por el centro de la plaza, donde se hallaba la Pirámide de Mayo. Ese era el solar que hacía ya más de cuatrocientos años, Juan de Garay, el 11 de Junio de 1580, al fundar la ciudad de Buenos Aires, había designado como Plaza Mayor.

Pasaron la pirámide en dirección al monumento de Belgrano. El mismo estaba ubicado justo enfrente de la Casa Rosada, sede del Poder Ejecutivo Nacional.

El monumento había sido realizado por Albert-Ernest Carrier-Belleuse, el mismo que ejecutara las obras del mausoleo de San Martín que visitaron más temprano. Estaba realizado en bronce, sobre un gran pedestal de granito. Mostraba al general Manuel Belgrano sosteniendo la bandera Argentina en actitud de tomar juramento. Estaba dispuesto de manera tal que el rostro del general estaba vuelto hacia la Casa Rosada.

Eran ya las últimas horas hábiles del día, por lo que el ya de por sí cuantioso tránsito de gente que comenzaba a salir de las oficinas que circundaban la plaza y alrededores se incrementaba a cada instante. Se acercaban a tomar alguna de las líneas de subterráneos que iniciaban su recorrido en la plaza, o a abordar uno de los numerosos ramales de ómnibus que rodeaban la plaza y salían desde allí en todas direcciones.

Una vez alcanzaron el monumento, se dedicaron a la tarea ya usual de recorrer el mismo, en busca de algún signo que les llamase la atención. Acostumbrados ya a las arduas búsquedas de las anteriores pistas, se sorprendieron de que esta vez no hubieran de esforzarse demasiado. Justo al lado de la pata delantera del caballo de Belgrano, donde Imanol estaba inspeccionando por primera vez, encontró una diminuta flecha, apuntando directamente sobre la casa de gobierno nacional. A su lado, una escueta pista, compuesta de dos palabras diminutas, apenas legibles, esclarecía el sentido de esa flecha indicadora: "Camera album".

XX

"Domus potentiam" [*La casa del poder*].

La Casa Rosada no iba a ser fácilmente accesible. Y menos aún el salón blanco, evidentemente señalado por las palabras grabadas al pie del caballo de Belgrano. Sin embargo, debían de poder acceder al lugar. Aníbal, luego de meditarlo unos instantes, se decidió por ayudar a Roberto en esta instancia.

Les pidió a Roberto e Imanol que aguarden un minuto, sacó su celular, y se alejó un poco de ellos mientras marcaba un número. Luego lo vieron que hablaba primeramente con aspecto tenso, y luego aflojándose e incluso sonriendo bobamente a un teléfono que no podía hacer llegar esa sonrisa al otro lado de la línea.

Luego de finalizada la llamada, metió nuevamente su teléfono en el bolsillo y se acercó a sus compañeros de aventura.

- Bueno, he hablado con un querido hermano que

me debe un favor, y que afortunadamente para nosotros, tiene los medios de pagarlo de manera tal que nos solucione el trance actual.-

- ¿Nos va a hacer entrar a la casa rosada?- Preguntó Roberto asombrado.

- No solo eso, nos va a permitir inspeccionar el salón blanco sin mayores inconvenientes.-

- ¡Excelente!- exclamó Roberto visiblemente contento.- Podría ser curioso y preguntarte quién es este amigo con tan amplias posibilidades de manejo discrecional en el edificio del Poder Ejecutivo Nacional.- sonrió picarescamente.- sin embargo, seré respetuoso y agradecido y no te incomodaré con semejantes cuestiones.- Aníbal sonrió.

- Te agradezco la actitud, querido hermano. Sin embargo, te adelanto que verás satisfecho tu interés, dado que él mismo se reunirá con nosotros en instantes para facilitarnos en todo lo posible nuestra tarea.- miró con seriedad a sus compañeros.- de más está decir que tanto la identidad de dicho hermano como todo lo que se diga durante su acompañamiento queda estrictamente entre nosotros tres y él.-

- Por supuesto querido hermano, no será de otro manera que como nos solicitas.-

Luego de unos minutos que fueron realmente breves, aunque por supuesto a los ansiosos hombres que aguardaban les parecieron una eternidad, un auto BMW negro y de cristales opacos paró frente al monumento a Belgrano. Dos hombres de traje negro y anteojos oscuros bajaron y se pararon a los costados de la puerta.

Segundos después un hombre se apeaba del auto y caminaba parsimoniosamente al encuentro de los tres aventureros que lo esperaban al pie del monumento a Belgrano. Dos de aquellos hombres miraban incrédulos al que se acercaba, aunque intentaban no hacer demasiado notoria su sorpresa y agitación, sobre todo para no incomodar al querido hermano.

El hombre, de edad madura aunque lozano y de buena salud, según podía apreciarse, se acercó a ellos y con una sonrisa leve y voz suave los saludó.

- Queridos hermanos, me alegro de poder ser de utilidad en esta aventura de ustedes.- miró alternativamente a Aníbal y a los otros dos hombres.- El querido hermano aquí presente me ha indicado someramente sus necesidades, que trataré de suplir de la mejor manera posible.-

- Muchas gracias, querido hermano, te estamos sinceramente agradecidos por esta ayuda que nos prestas, que es de vital importancia para poder resolver satisfactoriamente la tarea que nos ha sido encomendada.-

- Muy bien, síganme.-

El hombre se dio media vuelta y comenzó a caminar pausadamente en dirección a la entrada de la casa rosada del lado de la calle Rivadavia. Los tres compañeros lo siguieron de cerca, mientras que a una distancia prudencial los dos guardaespaldas que habían descendido del automóvil cerraban la comitiva.

Al llegar a la guardia de la puerta, los agentes saludaron al hombre.

- Buenas tardes, señor ministro.-

- Buenas tardes caballeros. Estos tres hombres me acompañan por razones que son de absoluta confidencialidad, por lo que les pediré que pasen el puesto sin firmar el libro.-

Los dos agentes se miraron con aire sorprendido. Estaba absolutamente fuera de protocolo; sin importar cual fuera la razón, o que tan buena fuera ésta, no se podía hacer eso. El que llevaba la voz cantante de los dos miró al ministro con seriedad. El ministro le sostuvo la mirada sin parpadear. El hombre finalmente soltó una tosecita incómoda, y asintió con la cabeza. Los cuatro ingresaron, mientras que los guardaespaldas se quedaban en la entrada con la guardia.

Caminaron el breve trayecto hasta la entrada de la calle Rivadavia, ingresando al Hall de Honor, aquella recepción utilizada para el ingreso de las visitas diplomáticas, autoridades nacionales, etc.

Este salón estaba adornado casi enteramente en sus pisos con damero en blanco y negro, y en sus paredes laterales, con dos relieves del artista José Fioravanti, que simbolizan "La Exaltación de la Patria Joven" y "El Sentimiento Heroico de la Raza". Generaba una sensación como si uno estuviera ingresando a un ámbito de la realeza del renacimiento.

Pasaron del hall con cierto apresuramiento, y la misma velocidad imprimieron el ministro y Aníbal a la subida por la Escalera de Honor denominada Francia. Ésta continuaba el damero en negro y blanco en su rellano, desde el cual podía apreciarse, colgando al pie de las escaleras, un gran tapiz que mostraba a San Martín a caballo, vistiendo uniforme militar, y guiado por dos glorias aladas.

El ministro abrió sin ningún tipo de miramiento las puertas del Salón Blanco de par en par, ingresando al mismo con velocidad similar a la que traía por las escaleras. Los tres hombres lo siguieron con cierta afectación.

Este salón era, luego del despacho presidencial, uno de los más famosos de la casa de gobierno. Era éste el salón donde se realizaba el traspaso de los atributos de mando: la Banda y el Bastón Presidencial.

Además, era utilizado para gran parte de las ceremonias de trascendencia nacional; la jura de ministros y secretarios de estado, la firma de tratados internacionales, y un sinfín de actividades de gran repercusión, que hacían que aquel salón fuera familiar para casi cualquier argentino, que sino en persona al menos a través de los medios audiovisuales, identificaba en su imaginario la casa rosada a través de la imagen del frente de la misma, y de ese salón en particular.

El salón en sí era un amplio auditorio con capacidad para unas ciento cincuenta personas sentadas. Sobre la pared opuesta a la puerta de ingreso, se encontraba una tarima alfombrada en rojo, sobre la que descansaba un amplio y ornamentado escritorio en madera y dorado.

Detrás del escritorio se halla una chimenea de gran porte, sobre la que se encuentra emplazado el busto de la Patria, obra del artista italiano Ettore Ximenes y realizado en mármol de Carrara.

Sobre el Busto se aprecia el Escudo Nacional en bronce, sobre una placa de mármol. Coronándolo, dos ángeles realizados en madera patinada, cuyas manos sostienen trompetas de gloria.

Los hombres siguieron al ministro que entraba al salón y se dirigía al escritorio. Pero se detuvo de pronto. Un individuo de mameluco color camel estaba dentro de la sala, inspeccionando la chimenea a la altura del escudo nacional. El hombre se hallaba de espaldas, aunque no había manera de que no hubiera notado al grupo de hombres que habían ingresado como tromba al salón.

El ministro se acercó al hombre preguntando por el motivo de su presencia allí, a lo que el hombre respondió que le habían pedido que inspeccione el escudo en busca de manchas, dado que uno de los asesores presidenciales había observado algunas justo bajo el escudo.

Entonces el hombre se dio la vuelta y pasó rápidamente a su lado, indicando que de todas maneras ya estaba terminada su labor, y pidiendo disculpas por cualquier molestia ocasionada. Sin embargo, a Roberto le había llamado la atención el aspecto de aquel técnico.

Mientras éste se alejaba por el pasillo en dirección a la puerta, la alarma mental fue cobrando intensidad hasta que Roberto le hizo señas a Imanol, y comenzó a caminar siguiendo los pasos del individuo de mantenimiento que se alejaba, mirándolo con atención.

Éste, al llegar a la puerta giró el rostro y miró a Roberto de reojo. Con eso fue suficiente, lo reconoció instantáneamente. Era uno de los secuestradores de Jaime; los rostros en el auto en que se habían llevado a su amigo le habían quedado grabados a fuego. Dio un grito y señaló al hombre con dedo acusador. El maleante no esperó a más y se dio a la fuga, y Roberto e Imanol lo siguieron, en tanto que Aníbal se quedaba en la sala, junto al ministro.

XXI

"nolite arbitrari quia venerim mittere pacem in terram non veni pacem mittere sed gladium"

[No penséis que he venido para meter paz en la tierra: no he venido para meter paz, sino espada]. Mateo 10:34.

Roberto jadeaba ruidosamente mientras corría por las escaleras, seguido de cerca por Imanol. Llegaron abajo en el momento preciso para ver como el hombre al que perseguían salía por el otro extremo del Hall de Honor.

Cruzaron a la carrera el hall, saliendo a la explanada. Miraron hacia el puesto de guardia. El hombre ya lo estaba pasando. Había aminorado el paso y guardaba la compostura de manera tal de no llamar la atención de la guardia, por lo que ahora estaban más cerca del malhechor. Pensaron en gritar avisando a la guardia, y Roberto ya se disponía a hacerlo cuando Imanol le tomó del brazo.

- Mejor no, Roberto. Temo que vamos a perder más

tiempo explicando a la guardia lo que sucede del que podemos disponer.-

- De acuerdo.-

Caminaron a paso apresurado hasta el puesto, mientras que regulaban la respiración luego de la corrida en las escaleras, en un intento por no llamar la atención. Saludaron a los guardias, que no les pidieron ninguna explicación; dadas las instrucciones previas del ministro, limitáronse a abrirles el paso.

El maleante disfrazado con mameluco de mantenimiento ya tomaba la avenida Leandro Alem, por lo que apresuraron el paso. Una vez que se alejaron suficientemente de la guardia de la Casa Rosada, se lanzaron nuevamente a la carrera.

La avenida Alem a esas horas de la tarde tenía un tránsito tanto vehicular como peatonal remarcablemente intenso, razón por la que enseguida hubieron de trocar su carrera por una apresurada lucha peatonal contra la marea de gente que inundaba las veredas de la avenida.

Por fortuna para ellos, su perseguido no tenía mejor suerte, y ya lo veían algunos metros por delante de ellos, enfrascado en la misma ardua tarea de avanzar contra corriente. Al llegar a la esquina de la avenida y la calle Bartolomé Mitre, el hombre se acercó a un automóvil que estaba detenido en la esquina.

Roberto lo vio, e inmediatamente dio un respingo. Era el mismo auto que había visto salir de Recoleta, con su amigo Jaime cautivo en su interior. Mayor sorpresa incluso fue mirar el asiento trasero y notar que su amigo, como en aquella ocasión, estaba allí sentado, en compañía de dos hombres más, uno en el asiento trasero, con él, y el otro en el lugar del conductor.

Roberto le hizo señas a Imanol en dirección a su amigo en el asiento trasero, y por señas se pusieron de acuerdo velozmente acerca de cómo actuar. Los dos hombres se acercaron al auto nuevamente a la carrera, empujando sin consideración a los transeúntes que encontraban a su paso.

Entre gruesas quejas de las personas golpeadas lograron alcanzar el vehículo antes de que el hombre que seguían pudiera terminar de subirse. Roberto le tomó de la cabeza y le dio un violento empujón contra el techo del auto, que el desprevenido hombre no pudo evitar. La cabeza del maleante rebotó contra el techo, y ya perdido el sentido, el hombre se deslizó hacia abajo, cayendo sobre la vereda al lado de la puerta abierta del coche.

En tanto que esto sucedía, Imanol hizo señas a Jaime de que se protegiera, y rompió el vidrio de la puerta trasera del auto. Jaime, viendo a su amigo y al otro hombre abalanzarse sobre el vehículo, dio un codazo salvaje en la cara del hombre que tenía al lado, y se tomó de la mano de Imanol, saliendo por la ventana del vehículo a los trompicones, arrastrando algunos fragmentos de vidrio a su paso.

Todo sucedió en segundos. No había pasado aún

un minuto y ya los tres hombres; Roberto, Imanol y el rescatado Jaime corrían por la avenida Alem en dirección a la Casa Rosada, entre los primeros gritos asustados de los testigos de lo que había sucedido. Gritaron un par de veces identificándose como policías, en un intento de que los propios transeúntes no intentasen detenerlos.

Mientras que Jaime era rescatado de sus captores, Aníbal, viendo salir a sus dos compañeros más jóvenes tras la pista del maleante, se acercó al escudo, donde instantes antes estuviera husmeando aquel hombre.

Al principio no encontró nada. Sin embargo, continuó la revisión, cada vez más minuciosa, hasta que, precisamente en el borde inferior del escudo, notó una leve serie de rugosidades.

Con cuidado, tomó debida nota de lo que estaba consignado allí. Era una frase breve: "primum vexillum resurrexit". La anotó, y dando media vuelta, le dijo al ministro que su visita estaba concluida. El hombre asintió con la cabeza y a su vez se dio media vuelta y ambos caminaron con paso algo apresurado hacia las escaleras.

Evidentemente el ministro tenía muchas otras cosas de qué ocuparse, y había destinado ya un tiempo precioso a prestar esa ayuda a sus hermanos. Por ello, no bien cruzaron la guardia se despidió de Aníbal afectuosamente, dejando saludos fraternos a sus compañeros y deseándoles que tengan un buen resultado en su tarea.

No hizo más que alejarse unos metros el auto del ministro cuando llegaron a la carrera los demás integrantes del grupo, que entre jadeos, hicieron señas a Aníbal desde las inmensas puertas del edificio del Banco Nación para que cruzara y los alcanzara.

Él así lo hizo, y mientras cruzaba la calle, sacudió en el aire el papel donde había anotado la frase. Roberto sonrió. Otra pista, y esta vez con Jaime recuperado. Las cosas tomaban un mejor cariz.

Los cuatro miraron la frase, y Jaime inmediatamente señaló el destino que les deparaba aquel indicio. Los otros tres hombres asintieron y se pusieron a la búsqueda de un taxi libre, empresa que les llevó algunos minutos dada la hora pico. Al cabo, estaban ya sobre un nuevo coche de alquiler, otra vez en camino siguiendo una nueva pista de esa búsqueda que parecía no tener fin.

XXII

"Axis mundi" [eje del mundo].

De camino, Roberto le dio un fuerte abrazo a Jaime, al punto que aquel hubo de quejarse para que su amigo lo apretara un poco menos.

- Es que con el trajín de tu rescate y luego la premura por salir de allí, no tuvimos tiempo casi de cruzar una sola palabra.- manifestó Roberto a modo de disculpa.

- Es verdad. Claro que sí, queridísimo amigo.- Jaime le devolvió el saludo.- Aquí Imanol me contó un poco al pasar las peripecias que han estado sufriendo, y cómo no dejaste de insistir en mi rescate, por lo que te estoy tremendamente agradecido.-

- No es necesario, Jaime.- lo miró seriamente.- estoy absolutamente convencido de que hubieras hecho lo mismo en el caso contrario.-

- Claro que sí, pero de todas maneras, Roberto, quiero que sepas que estoy muy agradecido, amigo mío, y que te debo una… más.- ambos sonrieron.

El coche llegó a la esquina de la calle Sarmiento con Carlos Pellegrini. Bajaron allí y caminaron una cuadra hasta la esquina de Pellegrini con la avenida Presidente Roque Sáenz Peña. Allí giraron a la izquierda y cruzaron Carlos Pellegrini. Habían llegado a la siguiente ubicación; frente a ellos el obelisco los saludaba.

Construido en 1936 para conmemorar el cuarto centenario de la primera fundación de la ciudad, el obelisco se erigía en el solar de la Plaza de la República, alzándose a sesenta y siete metros y medio del suelo.

Fue diseñado por el arquitecto Alberto Prebisch, uno de los principales exponentes del modernismo argentino. Cuando fue consultado respecto de la forma del monumento, dijo lo siguiente: "Se adoptó esta simple y honesta forma geométrica porque es la forma de los obeliscos tradicionales... Se le llamó Obelisco porque había que llamarlo de alguna manera. Yo reivindico para mí el derecho de llamarle de un modo más general y genérico «Monumento»"

La construcción estuvo a cargo de la empresa alemana Siemens Bauunion - Grün & Bilfinger, que en una poco frecuente muestra de eficiencia – en lo que respecta a la erección de monumentos en nuestros país.- finalizó su obra en el tiempo record de 31 días, para la cual empleó a 157 obreros.

Los cuatro hombres cruzaron la avenida Corrientes

y finalmente pisaron la Plaza de la República. Se acercaron al obelisco, parándose frente a la cara norte, donde podía leerse: "En este sitio | en la torre de San Nicolás | fue izada por primera vez | en la ciudad | la Bandera Nacional | el XXIII de agosto de | MDCCCXII."

Allí era. Esa frase, "fue izada por primera vez", era lo que había señalado el lugar, según Jaime. Se arremolinaron en torno de él, mirándolo como esperando que les dijera la manera de proceder. Jaime sonrió; le hacía gracia que los tres masones que se supone serían los que estarían más al tanto de todo lo referido a esta búsqueda en que estaban inmersos, buscaban su opinión basados meramente en que había tenido la fortuna de identificar la frase escondida en el escudo del Salón Blanco con la que estaba grabada en el gigantesco falo de la ciudad.

- Bueno, en realidad la inspiración únicamente me alcanzó para identificar el sitio de emplazamiento; no así respecto de donde, en este lugar, estará lo que estamos buscando.- Sus tres compañeros sonrieron.

- Claro, claro, mi muy querido amigo. Es que arrastramos un desgaste que ya no nos permite pensar con claridad.- se disculpó Roberto.

- Sí, evidentemente los tres depositamos en tus espaldas la resolución de la ubicación de la pista por el mismo motivo; la cabeza ya cansada de tanta tensión.- dijo Aníbal.

- Muy bien, dado que ninguno de los cuatro

tenemos ya más pistas que seguir, propongo que dirimamos la cuestión por el método habitual; es decir, que nos dediquemos a dar la vuelta al obelisco en busca de algo que nos llame la atención.- propuso Imanol.

Ahora los cuatro sonrieron. Se alejaron cada uno hacia una cara del obelisco. Jaime se quedó con aquella cara frente a la que estaban parados, y comenzó a husmear la faz del monumento con calma, palmo a palmo.

Al no hallar ningún signo de inscripciones más allá de las de público conocimiento, comenzó a mirar el suelo al pie y alrededor de aquella faz del obelisco. Al rato notó que justo sobre el nivel del suelo había una pequeña muesca, como un levísimo saliente que se notaba por sobre lo liso de la superficie.

Se agachó para intentar verlo más de cerca, pero estaba muy a ras del suelo, por lo que no alcanzó a discernir nada. Con gesto cansado se acuclilló, y allí sí reconoció una marca ya familiar; un muy pequeño triángulo, con un punto en el medio, estaba marcado sobre el borde de aquel saliente.

Al mirar en detalle notó que aquel saliente era la punta de una pequeña laja incrustada en el monumento. Era del mismo color que el material que revestía el obelisco, por lo que quedaba camuflada en el contexto.

La piedra debía tener una forma triangular, o al menos no regular, ya que lo que sobresalía parecía ser un vértice. Presionó con el dedo sobre el lateral, y para su sorpresa la piedra se movió sin mayores esfuerzos.

Miró alrededor. Roberto lo observaba con interés. Le hizo señas inequívocas, con lo que su amigo abrió los ojos con sorpresa, y enseguida dio la vuelta al obelisco avisando a los otros dos hombres.

En un santiamén tenía a los tres a sus espaldas, mirando la punta de la piedra por sobre sus hombros.

- Bueno, ya estamos todos aquí, Jaime. Adelante por favor, no demores más que la ansiedad me está atenazando el estómago.-

Volvió a ejercer presión, esta vez sin pausa, y la piedra se deslizó lateralmente hasta salirse y caer sobre la palma de la mano libre de Jaime.

La piedra en cuestión era efectivamente una laja triangular, en cuyo ápice se hallaba el triángulo con el punto que había llamado su atención en un principio. Debajo, una escuadra y un compás enmarcaban una frase: "Energía Universal".

Ahora le tocó a Jaime quedarse en ascuas, mientras los otros tres hombres se miraban entre sorprendidos y consternados. Sabían a qué se refería el nuevo indicio, pero las miradas de preocupación que cruzaron le revelaron a Jaime que no les gustaba lo que veían.

XXIII

"Ab Initio" [desde el inicio].

- No tiene sentido.-

- Estoy de acuerdo, no veo cómo tiene relación, además.-

- Será cuestión de ir y ver con nuestros propios ojos, queridos hermanos.-

Los tres masones del cuarteto se mostraban sorprendidos ante la indicación grabada en la laja al pie del obelisco. Jaime miraba a uno u otro alternativamente. Estaba esperando, pacientemente, que alguno recordara su presencia y le explicara de qué estaban hablando, pero al ver que el tiempo transcurría y ninguno lo hacía, terminó por recordárselo el mismo.

- Señores, me parece muy interesante su conversación...- hizo una pausa teatral.- sin embargo, me gustaría incluso más si alguno tuviera la consideración de explicar en términos sencillos a este profano de que diantre están hablando.- Su amigo sonrió.

- Claro, mi estimado amigo, te pido que nos disculpes a los tres. Hablo por mí, pero creo que nos quedamos asombrados del indicio en tal grado que nos olvidamos de que era posible que no comprendieras la referencia, obvia por demás para cualquier iniciado de la Gran Logia Argentina.- Jaime enarcó las cejas. Roberto continuó.

- En el gran templo de la masonería argentina hay un mural, ubicado justo sobre el cortinado que da ingreso al mismo. El mismo fue pintado por un artista italiano, llamado Enrique Fabris, ocupa todo el ancho de la entrada del templo, y se llama, como ya te habrás imaginado, "Energía Universal".- Jaime lo miró dubitativo.

- ¿Y los tres automáticamente pensaron en ese mural? Energía universal tampoco es una frase tan compleja o poco común como para que no remita a alguna otra cosa.- Le tocó el turno a Aníbal de intervenir en la conversación.

- Es posible que sea como dices, aunque sin embargo, es muy poco probable. Dado el contexto masónico de toda esta aventura, me atrevería a poner mis manos en el fuego por el significado de esa referencia.-

- Muy bien, caballeros, en ese caso, no me queda más que aceptar su criterio y seguirlos a la siguiente posta en esta alocada carrera.-

Los tres hermanos se miraron. Era un profano, sí, pero también era parte de esa búsqueda; al punto incluso de haber sido víctima de un secuestro por contribuir a la tarea de su amigo Roberto. Se dijeron todo con la mirada, sin necesidad de soltar palabra. Roberto fue el portador de la decisión.

- Bueno, en realidad, debemos ingresar a un templo masónico, por lo que no deberíamos permitir que nos acompañes.- Roberto lo miró seriamente.- sin embargo, dado que has contribuido grandemente a esta búsqueda, sufriendo incluso peligros físicos debido a la ayuda que has prestado, creo hablar por los tres al decirte que estamos de acuerdo en que ingreses al templo con nosotros.-

Los otros dos hombres asintieron, refrendando así las palabras de Roberto. Se pusieron nuevamente en marcha, cruzando la avenida Corrientes en la misma dirección por la que habían llegado. Se dirigían apenas a unas cuadras de donde ahora estaban, por lo que optaron por hacer el trayecto a pie.

Hicieron el recorrido en escueto silencio, caminando primeramente por la avenida 9 de Julio, y luego por la calle Perón, hasta la esquina con la calle Libertad. Allí se detuvieron unos instantes, mirando con cierto disimulo alrededor, buscando signos de la presencia de los maleantes, aunque no encontraron ninguno.

Continuaron el último tramo hasta el número 1242 de la calle Perón, donde se alzaba la sede central de la masonería argentina. Allí había una arcada con una escuadra y compás en su clave, que permitía el acceso al edificio.

Cruzaron la entrada, y se dirigieron en línea recta hacia las amplias escaleras que conducían a la segunda planta del edificio, las cuales atacaron con ansias. Era un largo trayecto, por lo que llegaron arriba sin resuello.

Al final de la escalera, los esperaba lo que se denomina usualmente pasos perdidos; un espacio circular que comunica todos los templos de ese piso, y las escaleras, tanto la central por la que ellos ascendían como las escaleras laterales. En el piso de esa sala había una estrella de cinco puntas, lo mismo que en su techo. Ambas apuntaban a la entrada del gran templo.

Al llegar a la puerta del templo, los tres masones otearon con detenimiento el interior, en busca de alguna luz prendida u otra señal de actividad, dado que si así fuera no podrían entrar, al menos no con Jaime.

Afortunadamente, era todavía un horario temprano y no se estaban realizando trabajos masónicos en el templo, por lo que abrieron la puerta e ingresaron en la penumbra. Roberto se fue hacia la pared de la derecha de la entrada y prendió la luz del vestíbulo del templo.

Un gran cortinado rojo cerraba el paso al lugar. Sobre él, grabadas en dorado y sobre un haz de rayos dorados en fondo negro, podían leerse en español las siguientes palabras: "Buscad y encontrareis. Pedid, y se os dará. Llamad, y se os abrirá."

- Mateo, capítulo 7, versículo 7.- anunció Aníbal a Jaime, que miraba la inscripción. Éste lo miró extrañado.

- ¿Pero no es al revés? ¿No va el "pedid" antes que el "buscad"?-

La única respuesta que recibió fue la mirada enigmática de los tres hombres. Roberto cruzó a través del centro del cortinado, y se dirigió a la derecha, donde nuevamente estaban los interruptores de la iluminación del templo, al lado de un viejo piano en madera oscura.

Cuando las luces del interior se encendieron, Imanol sostuvo la cortina e hizo señas a los otros dos para que pasaran. Una vez dentro, todos caminaron unos pocos pasos y giraron en redondo para levantar la vista hacia arriba del cortinado, del lado opuesto de la misma pared en que se hallaba la frase bíblica.

Allí los esperaba el magnífico mural del que se hacía referencia en la pista anterior. Era inmenso, y aunque estaba algo deteriorado por el tiempo, impactante en su ejecución.

"Energía Universal" se leía justo en el centro del mural, y bien en lo alto del mismo. Justo debajo aparecía una antorcha lanzando una gran luz sobre un globo terráqueo. Debajo del globo y ya sobre el borde inferior de la pintura, una esfinge de piedra sobre un monolito. El monolito, del mismo tono que la estatua, rezaba: "Soy la vida y devoro a los que no descubren mi secreto".

A la izquierda de la pintura el cielo se observa tranquilo, mientras que se puede observar la trinidad alegórica de Ciencia, Justicia y Trabajo, representadas en la ocasión por un anciano con antorcha, una madre con un hijo en el regazo y una balanza en la mano y un hombre vigoroso con un arado, respectivamente. La Justicia sentada en medio; y a su izquierda y derecha, la Ciencia y el Trabajo, de pié.

A la derecha sin embargo se observa un cielo encapotado sobre un mar tempestuoso, apreciándose un barco en situación de naufragar y un faro sobre una costa rocosa.

Los cuatro hombres observaban la pintura en un silencio tenso, que podría haberse cortado como una hoja de papel. Jaime expresó el pensar de todos al decir en voz alta y con tono reflexivo:

- Muy bien, esa era la referencia escrita en el obelisco, ya estamos aquí. ¿Y ahora qué?-

XXIV

"Lux" [Luz].

No debieron esperar demasiado para que las respuestas aflorasen, aunque quizás no fuera de la manera más agradable. Apenas terminada de expresar la duda de Jaime, de entre las rojas cortinas aparecieron tres hombres. Traían el semblante adusto, como si estuvieran asistiendo a un funeral.

Todos los reconocieron enseguida, ya que incluso dos de ellos mostraban señas de la última vez que se habían encontrado; uno tenía un grueso chichón morado en la frente, y el otro un lado de la cara inflamado como si tuviera una gran infección de muelas.

Fueron pasando el cortinado y se pararon enfrentados a los cuatro hombres que observaban el mural. Los miraron en silencio, que se extendió unos instantes, hasta que el tercero de ellos ocupó un lugar entre los otros dos.

Los observó detenidamente, como midiendo el potencial de peligro del momento, y luego hizo una seña al hombre que tenía a su derecha. Este metió velozmente su mano derecha dentro del bolsillo de su abrigo y sacó un arma de fuego pequeña y negra con que apuntó a boca de jarro contra los cuatro hombres que tenía enfrente.

Doblemente intimidados, por un lado por la brusca aparición de aquellos hombres temidos que los atosigaban desde el inicio de esta aventura, y por otro lado por el arma de fuego que esgrimía uno de ellos, los cuatro permanecieron mudos, mirando el caño del arma que los apuntaba.

Rompió el silencio de pesadilla el que parecía ser el jefe de aquellos maleantes.

- Bueno, finalmente nos venimos a encontrar en el lugar menos esperado ¿Verdad?-

- Realmente señor, no lo podría haber expresado mejor. El lugar menos esperado, sí...- Roberto tomó aire, y valor, y le espetó airadamente.- ¿Puede saberse en primer término cómo ha podido ingresar a este lugar sin que lo detenga nadie?¿Y en segundo lugar, cómo se atreve a profanar un lugar como éste con su presencia y con el arma que nos amenaza?¿Sabe acaso la gran significación de este recinto para la historia y para la nación misma?-

El jefe de los maleantes se lo quedó mirando un buen rato en silencio, con aspecto cavilante, como si estuviera indeciso. Los segundos pasaban. Una tosecita nerviosa de uno de sus hombres pareció sacarlo de su indecisión.

- En verdad caballero, algo de razón debo de haberle dado para que piense como ha expresado recién.- miró a Roberto.- sin embargo, las cosas rara vez son en realidad como se nos aparecen. Permítame que le explique lo más sucintamente mi posición, que no es nada fácil.-

- Adelante, señor, no veo de qué manera podría yo impedírselo, dadas las circunstancias.- replicó Roberto con sorna.

- Muy bien, en ese caso creo que es imprescindible que mis compañeros y yo nos presentemos, dado que en ninguna de las ocasiones en que nos hemos encontrado lo hemos podido hacer.- señaló hacia su derecha, al hombre de la pistola.- éste es Octavio, mi hombre de confianza. El de la izquierda es Augusto, otro buen compañero en esta amarga tarea. Y mi nombre es César.-

Hizo una pausa, mirando a la cara a los cuatro hombres que tenía enfrente. Parecía estar esperando algo; como si quisiera que alguno de ellos lo saludara. Suspiró y volvió a la tarea.

- Como les decía, es menester que explique lo que estamos haciendo. Bueno como podrán imaginar por nuestra presencia aquí, queridos hermanos.- remarcó esto último.- estamos aquí porque los seguimos desde el obelisco, pero además estamos aquí porque aquí es donde trabaja nuestra logia, de la que yo he sido electo para este año en curso como venerable maestro.-

Los tres masones del grupo contrario se quedaron mudos de espanto. Así que los maleantes, esos individuos que intentaron asaltarlos con violencia, que secuestraron a Jaime, que los amenazan con armas de fuego, son hermanos masones...

Era una noticia de evidente digestión dificultosa, por lo que César mantuvo un cauto silencio de algunos minutos, dejando que aquellos hermanos reflexionen y comprendan cabalmente lo que acababa de revelarles. Finalmente fue Roberto de nuevo quien, con gesto de dolorosa decepción, como una virgen violada, le reclamó.

- ¿Pero cómo puede ser? ¿Cómo habiendo hecho los juramentos que han debido tener que hacer se han atrevido a tanto? ¿A qué clase de logia puede pertenecer un hermano que hace lo que ustedes han hecho a otros hermanos, por no hablar de mi profano amigo aquí presente?- Roberto iba levantando el volumen de voz a medida que lanzaba exabruptos, por lo que César se sintió obligado a intervenir.

- Querido hermano Roberto, lamento sinceramente todos los desagradables hechos que nos hemos visto forzados a ejecutar en pos del cumplimiento de nuestra tarea.-

- ¿Y qué tarea es esa que exige de tan salvajes y poco fraternos métodos para poder ser cumplida?- espetó Imanol, interviniendo por vez primera en la conversación.

-La tarea de guardar unos documentos que no deben ver la luz profana...- contestó César, y ahora todos lo miraron espantados de asombro.

- ¿Qué pensaron que éramos? ¿Vulgares asaltantes? ¿Algún tipo de terroristas? No mis queridos hermanos, nuestra misión es de tan vital importancia como la de ustedes; proteger a toda costa el paradero de los documentos, y evitar que estos sean expuestos al público profano.-

- ¿Pero cómo se pusieron tan rápido tras nuestra pista? Alguien debe de haberles avisado...- insinuó Roberto.

- Así es, de nada sirve ocultarlo. El querido hermano Genta, que realiza las visitas al edificio Barolo, nos llamó avisando que dos hombres, uno hermano y el otro profano, habían descubierto el indicio de la lámpara bajo la clave de bóveda. Inmediatamente envié a Augusto y Octavio para que recuperen la información y los sigan para ver cómo evolucionaba su accionar.-

- Sin embargo, César, cuando estos dos hermanos nos asaltaron a Jaime y a mí, sabían del opúsculo que me había sido entregado para iniciar la búsqueda, y eso yo no se lo mencioné a Genta en ningún momento.-

- Claro, por supuesto. Esa información ya nos había llegado de antemano, sólo que no le habíamos dado demasiado crédito.- ante la mirada entre inquisitiva y horrorizada de Roberto, previendo lo que venía, César siguió.- Y sí, es efectivamente lo que te imaginas, querido hermano; alguien de tu logia te vendió, y nos contó del opúsculo.-

A Jaime le hacía ruido un punto en particular.

- Perdón, César, pero si la logia a que perteneces es la encargada de guardar esos documentos ¿Cómo es que nos has tenido que seguir el rastro todo el recorrido? ¿No hubiera sido mucho más sencillo simplemente mover de su ubicación los documentos y sentarse a ver cómo nos devanábamos los sesos intentando hallarlos?- César sonrió ampliamente ante aquella pregunta.

- Esa es una excelente pregunta, señor. Sucede, como imaginará, que ni tan siquiera nosotros teníamos la información de todas las localizaciones de los indicios. Para salvaguardar efectivamente los documentos, sólo necesitábamos saber la primera ubicación, a lo que incidentalmente yo sumaba la segunda, en el monumento a Dorrego, de manera accidental; porque en tantos años me había dado cuenta de lo que significaba la inscripción en la lámpara del Barolo, aún sin desearlo.-

Ahora el silencio fue generalizado. Estaban todos reflexionando acerca de lo que se acababa de decir, incluso César y los dos hermanos de su logia, ya que se sentían aliviados por haber podido finalmente revelarse a esos hombres que se habían visto obligados a perseguir, y por otro lado les pesaban los amargos reclamos de Roberto e Imanol.

Roberto recordaba lo que le dijera el anciano hermano que los ayudara con el opúsculo de Mitre en el templo de Barracas. ¡Cuán rápido se había mostrado cierta la apreciación del anciano! Los otrora maleantes y secuestradores resultaron ser hermanos que guardaban, con demasiado celo, es verdad, un secreto que les fuera confiado.

Lo que no sabía ninguno de los cuatro es que aún aguardaba más, mucho más por revelarse. Y las revelaciones no se harían esperar mucho más.

XXV

"Solve et coagula" [Disolver y coagular].

Así que eso era. Como en tantas otras ocasiones a lo largo de su aprendizaje dentro de la Orden, ahora nuevamente todos aquellos hombres se encontraban frente a un par de opuestos, como el suelo en damero, eran los unos blancos, los otros negros.

Por un lado, las fuerzas de Roberto y sus compañeros, que intentaban develar un secreto antiguo, largo tiempo perdido. Por el otro lado, las fuerzas de César y sus hermanos, que hacían lo propio por evitar que ello suceda.

Conceptualmente no se trataba de "buenos" y "malos", sino simplemente de "blancos" y "negros", en el sentido de que unos tenían una intención positiva, de progreso, de conocimiento; de luz, en una palabra, mientras que los otros tenían una intencionalidad completamente negativa, de ocultamiento, de mantener en la ignorancia; de oscuridad.

Por supuesto, secuestrar personas o apuntarlas y amenazarlas con armas de fuego no entraba dentro de lo conceptual. Aquel cañón apuntando a los cuatro era muy real, y tampoco era fácil catalogar a quien lo esgrimía como simplemente "negro". No. Ahora se hallaban en un punto decisivo, donde lo negro de la situación, en caso de prosperar el estado de cosas actual, se haría ya irremisiblemente tenebroso.

- Muy bien, querido hermano César, comprendo lo que has dicho, aunque sin embargo no puedo estar más en desacuerdo.- soltó Aníbal.

- Estás en tu derecho, querido hermano, de no acordar con lo que digo.- sonrió.- precisamente en este lugar si hay algo que no voy a hacer es acallar a los que piensen que estoy equivocado.-

- Me parece muy bien, César. Y no puedo estar más en desacuerdo, dado que, por más que comprenda la importancia del compromiso que han asumido tus hermanos y vos, creo que se olvidaron de todos sus juramentos previos como buenos masones al realizar las vergonzosas acciones de violencia contra nosotros que han realizado y que están realizando en este preciso momento.-

César guardó silencio unos instantes. Roberto vio aparecer nuevamente una expresión dubitativa en el semblante del venerable maestro contrincante. Parecía debatirse en aguas turbulentas respecto de sus obligaciones asumidas, como masón y como guardián de los documentos.

- Queridos hermanos, sepan que comprendo claramente su malestar y lo que me reprochan, pero les recuerdo que a veces para cumplir un encomiable cometido es preciso, aunque lamentable, ensuciarse un poco las manos.-

- Claro; ya he escuchado cosas así; que para ser bueno hay que ser malo, y ese tipo de planteos paradójicos que no conducen a ninguna parte.- soltó Imanol.

Roberto no estaba de acuerdo con Imanol. El entendía en parte lo que estaba diciendo César, aunque no le gustaban las consecuencias actuales de ese pensamiento.

- Bien querido César, suponiendo que al menos en parte podamos comprender eso que mencionas de los amargos sinsabores que acarrea el cumplimiento de una gran obra.- Roberto hizo una pausa.- de todas maneras subyace la cuestión de si podemos romper nuestros más elementales juramentos masónicos en pos de cumplir con nuestro deber.-

- Estoy de acuerdo con el hermano Roberto en este caso; no es aceptable que para cumplir con un deber asumido debamos renunciar a nuestros principios, queridos hermanos.- Aníbal miró a los tres hombres parados frente a ellos.- de hecho, según mi entender, de eso precisamente se trata gran parte del aprendizaje masónico, mis queridos hermanos; a saber, de poder participar en las más dificultosas tareas y ámbitos del mundo profano portando siempre y sin excepción la antorcha masónica, promoviendo la rectitud y la justicia. Para ello, es menester que no infrinjamos nuestros propios votos, dado que en ese caso perdemos lo único que sirve para decirle a los demás lo que creemos que es correcto hacer; el ejemplo. Si no somos capaces de mostrar con nuestro propio ejemplo los principios en los que creemos, entonces, queridos hermanos, creo que todo está perdido.- Nuevamente barrió con la mirada los rostros adustos que lo enfrentaban.- Verdaderamente, me aflige mucho la situación violenta en que nos encontramos, y la posibilidad latente de un triste desenlace.- hizo una pausa para tomar aire.- sin embargo, me aflige todavía más si es posible el hecho de que sean mis propios hermanos quienes me estén infligiendo este dolor.-

Ahora César se mostraba visiblemente preocupado. Les hizo señas a los dos hermanos que lo acompañaban, indicándoles que vigilen a los cuatro hombres, y cruzó el cortinado, sintiéndose sus pasos alejarse por el piso de madera del vestíbulo.

A pesar de la distancia se sintió la voz de César iniciando una conversación, y luego el portazo de la entrada del gran templo, que cortó la posibilidad de oír lo que decía.

- ¿Podemos al menos sentarnos, queridos hermanos? Ha sido una jornada demoledora, y estamos todos extenuados.- pidió Aníbal, el más maduro de los cuatro.

- En el suelo, queridos hermanos, por favor.- indicó el que tenía el arma.

- Pero por favor hermano ¿No ves acaso que los años ya me aquejan? Al menos permíteme que use una de las sillas de al lado del cortinado, de esas que están al lado de tu compañero.-

Señaló al otro hermano que los vigilaba. A su lado, justo sobre la pared lateral que continuaba después del cortinado de ingreso al templo, había algunas sillas pesadas de madera oscura y asiento tapizado en bordó.

El guardián suspiró ruidosamente, y le hizo señas a su compañero para que le alcanzara una de las sillas. El hombre tomó la silla, y dio una gran vuelta alrededor de los cuatro para evitar interponerse entre el arma del guardián y ellos. Finalmente, depositó la silla detrás de Aníbal.

- El resto deberá sentarse en el suelo si así lo desea.- dijo por último Octavio.

- Muchas gracias, querido hermano Octavio.-

Aníbal se sentó haciendo un gesto de alivio que en otras circunstancias más felices hubiera sido risible hasta el hartazgo. La tensión y el miedo del momento hicieron sin embargo que pasara desapercibido.

De los tres hombres, solamente Imanol permaneció de pie, mientras que los otros dos se sentaron en el suelo alfombrado, en un intento por descansar al menos unos instantes de toda la ingente tensión que los estaba aplastando en ese momento. El miedo, ese roedor incansable de almas humanas, los corroía como un ácido. Todos sentían el cansancio producto del estrés.

Minutos más tarde y ante la evidencia de que César estaba tardando en volver y que era inútil permanecer de pie, Imanol se les unió. Pasaron aún algunos minutos más. Sus guardianes comenzaban a impacientarse, dando muestras de preocupación. Miraban con nerviosismo hacia el cortinado, esperando ver aparecer nuevamente a su venerable maestro.

Ya Octavio hacía señas a su compañero para que saliera a buscar a César, cuando se escuchó un leve forcejeo en la gran puerta del vestíbulo. Todos se quedaron en tenso silencio esperando lo que seguiría.

La puerta se abrió con un chirrido y unas pisadas recorrieron el trayecto hasta la cortina. Sin embargo, no aparecía nadie. Para sorpresa de todos, la puerta se cerró con un leve golpe seco, y otras pisadas, ya que sonaban de otra manera, recorrieron el trayecto hacia el cortinado.

César atravesó el cortinado rojo e inmediatamente giró para sostener el mismo, a fin de que quien lo acompañaba pudiera atravesar la cortina y unirse a la reunión. Su acompañante pasó por el hueco que César mantenía en el cortinado con paso firme y sereno, y se detuvo enfrente de los cuatro hombres que observaban desde abajo.

Tres de ellos lo miraban con intriga y preocupación. Tenía aspecto de tomar decisiones por encima de César, que lo había ido a buscar evidentemente para que tome las determinaciones para las que él habíase mostrado tan dubitativo.

Uno de los cuatro, sin embargo, no daba crédito a sus ojos. De pronto comenzó a transpirar copiosamente, mientras que sentía que el pecho se le comprimía y el aire siseaba para poder ingresar a sus pulmones. A su vez, sentía como si los intestinos se anudasen en su abdomen, generando una bola de nervios que comprimía sus pulmones también desde abajo. En definitiva, estaba aterrorizado ante la aparición de ese hombre que lo miraba con ojos tristes, como de verdugo que lamenta su trabajo pero que necesita de la paga.

Claro que era extremadamente comprensible la tensión, el miedo y la extrema ansiedad de Roberto, que era el que se estaba sintiendo de aquella manera. Claro que era entendible, porque el hombre que estaba parado frente a él en lo que parecía una situación sin final feliz posible, era su venerable maestro, José María Albino, el hombre que le había encargado la tarea que lo había arrastrado, a él y a sus amigos, a esta situación en la que estaban cautivos.

XXVI

"Ordo ab chao" [orden del caos].
Divisa del Rito Escocés Antiguo y Aceptado.

El venerable maestro miraba a Roberto con semblante enigmático. Luego recorrió con la vista alternativamente a los otros tres hombres que lo acompañaban. Finalmente, luego de mantenerse enfrascado en un reflexivo silencio por lo que parecieron interminables instantes, aunque no pudieron haber sido más que algunos segundos, habló en dirección a Roberto.

- Querido hermano Roberto, cuánto lamento que los hechos se hayan dado de esta manera. En verdad no tenía intención de que las cosas fueran a terminar en tamaños actos de violencia innecesaria. Espero que tanto en tu caso como en el de tus amigos puedan perdonarnos.-

Roberto lo observaba con preocupación. Se tomó su tiempo para contestarle. Aquel hombre expresaba palabras de pena y arrepentimiento, pero lo hacía con un semblante frío y estudiado, como si fuera un discurso que no le produjera efecto aparente en su persona, no más que un mero formulismo.

- Venerable maestro, es muy tranquilizador saber que no ha sido tu intención generar ninguna violencia. Sin embargo, ésta ha sido producida, y en este momento nos encontramos aquí retenidos contra nuestra voluntad, a punta de pistola.- lo miró insistentemente a los ojos.- Por ello es que, inevitablemente, se me plantea la siguiente duda: ¿Cómo termina esto? ¿Con esta disculpa nos estás diciendo que va a haber una manera en que esto no termine de la peor forma posible para nosotros cuatro? ¿O sólo es una bonita expresión de deseo?-

José no contestó en el momento. En cambio, dio un cuarto de vuelta y recorrió a paso calmo el trayecto de un extremo al otro del cortinado, con la cabeza ligeramente inclinada hacia delante, en actitud reflexiva. Finalmente volvió a plantarse frente a Roberto, y su mirada no dejaba traslucir emoción alguna cuando le contestó.

- Roberto, honestamente esperaba encontrar otro tipo de solución, pero también en el fondo sabía que algo como esto podría suceder.- suspiró.- la vida a veces es como una partida de ajedrez; para poder ganar, uno a veces tiene que hacer grandes sacrificios.-

Nuevamente suspiró, haciendo una pausa y

posicionándose en actitud reflexiva, como tomando valor para decir lo que seguía.

- Pero como tú mismo has expresado hace unos momentos, han llegado a estar aquí retenidos contra su voluntad, a punta de pistola. No veo cómo podemos terminar esta situación sin que el venerable hermano César y sus hermanos aquí presentes, así como yo mismo, quedemos detrás de rejas. Y verdaderamente, querido Roberto, estoy muy viejo y demasiado acostumbrado a vivir bien como para permitir que eso suceda.-

Estaba dicho. Las cartas de Albino finalmente estaban sobre la mesa. Quería matarlos, aunque matarlos era un término demasiado duro para él. Probablemente "eliminarlos" sería más adecuado a su temperamento poco acostumbrado a enfrentar las consecuencias de sus decisiones.

Los cuatro prisioneros se sintieron desfallecer, presas de una angustia avasalladora, ante la idea de una muerte como aquella, llena de sentimientos negativos y presas como eran de una impotencia máxima.

Los tres hombres al lado de Albino no encajaron mucho mejor que ellos la noticia. Al parecer, no hubo ningún diálogo previo entre su jefe y ellos, así que lo dicho los tomó tan desprevenidos como a sus prisioneros. De sus expresiones se notaba a las claras que no les gustaba nada lo que habían oído.

Comenzaron a mirarse entre sí, y los dos hermanos

acompañantes de César buscaban la mirada de éste, en busca de algún indicio acerca de lo que iba a suceder.

Roberto sentía no solo temor y angustia ante la inminente muerte violenta, sino que también una responsabilidad máxima respecto del destino de los tres hombres que lo acompañaban en aquel momento.

Jaime, su queridísimo amigo y cuasi hermano de toda su vida, que lo ayudaba en esta aventura y que incluso ya había sido secuestrado previamente por aquellos hombres, y por otro lado Aníbal e Imanol, dos excelentes hermanos masones que no dudaron en meterse de lleno en una búsqueda del tesoro plagada de peligros muy reales, sólo ante el pedido angustioso de auxilio de un hermano masón.

Todos ellos estaban ahora al borde de la vida, pendiendo de un fino hilo, representado en esta ocasión por el ánimo vacilante de César, que los miraba dejando traslucir en sus ojos su desesperación ante la actual situación, aunque eso no daba esperanzas de nada, dado que un perro asustado puede morder con más fiereza aún que uno en sus cabales.

Roberto miró a Albino con cierto desprecio.

-José, cuánto lamento no haberte conocido mejor cuando tuve la oportunidad. Si hubiera sabido más de tu persona probablemente hubiera comprendido que la misión que me encomendabas, ésta de descubrir los documentos era un simple matadero. Sólo fui un peón en este juego macabro tuyo y de tus hermanos allí presentes.- señaló a sus tres acompañantes.- lo único que lamento con amargura es haber arrastrado a estos tres excelentes seres humanos a esta aventura que finalmente nos va a costar la vida a los cuatro. Y todo por el capricho de un viejo.-

Hizo una pausa y parecía que iba a dejar de hablar, pero agregó de repente, como si recién se le hubiera pasado por la mente:

-Ahora que lo pienso ¿Y para qué querrías los documentos en primer lugar? No entiendo aún tu juego. Evidentemente tu interés no debe ser proteger los documentos, porque para eso ya estaban estos hermanos de los que has hecho uso y abuso de la misma manera que conmigo y los que me acompañan. Pero si no es protegerlo tu intención, y tampoco descubrirlo por la vía de la cámara de maestros de nuestra logia, como era la intensión que me manifestaste, entonces, te pregunto José, ¿Qué es lo que planeas hacer con los documentos?-

Tarde notó José que Roberto había metido el dedo en la llaga. César lo miraba interrogativamente, a la vez que los dos hermanos que lo acompañaban tenían expresiones de duda y de temor en el rostro. No eran asesinos; habían cometido los crímenes que cometieron, como el asalto y el secuestro a Roberto y sus amigos, sólo empujados por un mal comprendido sentido del deber y por la influencia maligna de José.

-Bueno es suficiente, no necesito escuchar todas

estas conjeturas que de todas maneras no van a cambiar una decisión ya tomada. César ¡Instruye a tus hermanos y ocúpense de ellos inmediatamente!-

Se iba a dirigir hacía el centro del cortinado, para salir y no presenciar lo que hubiera de suceder. No llegó hasta la cortina. César hizo un gesto a Octavio, y éste instantáneamente giró su arma y la apuntó sobre José, que lo miró con una sonrisa indulgente, aunque de todas maneras se detuvo, obedeciendo a la amenaza que representaba el caño del arma apuntando a su pecho.

- Queridos hermanos, no nos pongamos nerviosos. Ya casi terminamos con la tarea amarga pero necesaria que las circunstancias nos han deparado. Sería una pena arruinarla faltando tan poco.-

- Querido hermano José, más allá de que nunca nos pusiste al tanto de que vos mismo le habías encargado al hermano Roberto la tarea de encontrar los documentos, hubo otra cosa que me ha hecho sonar una campana de alarme en mi mente: ¿Cuáles son tus verdaderas intenciones respecto de los documentos?-

César lo miró ahora sin vestigio de duda alguna, con una mirada vigorosa, que dejaba traslucir la seguridad de estar actuando como se supone que debería actuar.

- El hecho de que tú mismo le hayas encomendado el encontrar los documentos lo cambia todo. Nos quisiste enfrentar desde un principio. O sea que tu idea siempre fue completamente ajena a proteger los documentos. Por eso, te vuelvo a repetir ¿Qué pretendías hacer con los documentos?-

José ya resignado a que sus planes se truncasen, y dando todo por perdido, finalmente respondió a César, en un intento final por torcer el curso que estaban tomando los acontecimientos.

- Querido César, te voy a decir lo que pensaba hacer. En verdad, hace unos meses me contactó un muy respetable hermano inglés, que tiene su residencia en Londres, para contarme de esta leyenda, que era nueva para mí, y para ofrecerme una suma de dinero más que atrayente, si podía encontrar los documentos y llevárselos a Inglaterra. Esa es la verdad.- miró a César con expresión de avara avidez.- ahora bien, César, querido hermano, esa cifra de dinero es tan jugosa que fácilmente podría ser repartida, digamos entre los cuatro que estamos aquí de este lado de la línea.-

Miró a los dos compañeros de César, Octavio y Augusto en un esfuerzo por tentarlos y complicar la decisión del primero. No contaba con que ya los tres hombres habían escapado a su hipnótico influjo. Se miraron entre los tres, y tanto Augusto como Octavio le hicieron sendos gestos de apoyo. Ya el miedo se había evaporado de sus ánimos, y ahora su determinación se hallaba nuevamente en equilibrio. César lo miró con gesto de profunda tristeza.

- Querido hermano, te voy a pedir que dejes de escupir malignidad por tu boca. Para ello, y para evitar que te escapes, te voy a pedir que camines hacia esa silla al lado del cortinado, y te sientes.-

José comprendió que todo estaba perdido, pero ante tres hombres, uno de ellos armado, no había nada que hacer, por lo que sumisamente caminó en dirección a la silla que le habían indicado, y se sentó, a la espera de los acontecimientos.

Augusto se le acercó cuidando de no entorpecer a Octavio que lo apuntaba con el arma, y siguiendo las indicaciones de César, le quitó la corbata a José y con ella ató las manos del hombre a la silla, inmovilizándolo de esa manera. Luego quitose su propia corbata, amordazando al criminal venerable maestro.

Recién entonces César le hizo un gesto a Octavio para que baje el arma, y se dio la vuelta hacia los prisioneros para hablar con ellos.

- Caballeros, deseo pedirles mis más sinceras y humildes disculpas por los hechos terribles a los que los hemos obligado a enfrentarse. En nombre mío personal así como de Augusto y Octavio aquí presentes.- bajó la mirada con evidente vergüenza.- también les informo que estamos dispuestos a asumir las responsabilidades por nuestros actos criminales, dado que por más que creímos que hacíamos lo correcto, lo cierto es que hemos lastimado vuestras personas e infringido la ley.-

Los cuatro ahora ex prisioneros lanzaron un fuerte suspiro, aliviados. No dijeron nada por unos cuantos minutos. Todos se quedaron dónde estaban, como si la escena se tratara de un museo de cera en lugar de personas vivas. El primero en recuperar el habla fue Roberto.

- Querido hermano César, no puedo expresar con palabras el gran alivio que siento en este momento, no sólo por mi vida ahora recuperada, sino que como dije antes por la angustia producto de haber puesto en riesgo mortal a tres seres humanos excelentes.- tomó aire.- Por lo que respecta a las responsabilidades que les puedan caber a vos y tus hermanos por los hechos sucedidos, no puedo hablar por los cuatro pero en mi caso personal, diré que viendo como han sucedido las cosas, la nefasta influencia que ha tenida en ellas el señor atado en aquella silla.- señaló a José con gesto de disgusto.- y la terrible decisión a la que los quiso arrastrar y lo bien que ustedes, como buenos masones, han podido recuperarse de su error y encaminar nuevamente la situación hacia un desenlace feliz, yo, por mi parte, no reclamaré responsabilidad alguna.-

Los tres compañeros de Roberto se expresaron apoyando las palabras de él. Los tres ex captores estaban emocionados antes tamaña muestra de humanidad y de perdón, así como avergonzados por haber actuado tan mal con tan buenos hombres, a la vez que aliviados de la idea del terrible destino que les esperaba pagando sus criminales errores.

Los siete hombres permanecieron nuevamente unos instantes en silencio. De los ojos de varios de ellos, en ambos grupos, lágrimas de alivio y agradecimiento recíprocos reflejaban sus emociones.

XXVII

"Non nobis domine" [No a nosotros, Señor].
Salmos 115:1

Luego de unos instantes en silencio, los dos grupos se reunieron al lado del cortinado. Estrecharon sus manos por primera vez, con una sensación de reconocimiento y respeto de ambas partes, producto de las experiencias fortísimas recientemente vividas.

- Bueno queridos hermanos, ahora que lo amargo ha sido reemplazado por lo dulce, creo que podemos hablar del tema de fondo que nos ha reunido a todos aquí.-

César se puso en tono amablemente serio ante las palabras de Roberto.

- Por supuesto, querido hermano. Imagino que luego de todo lo vivido en esta peripecia que nos ha tocado experimentar, podremos encontrar una solución a nuestra disyuntiva respecto de los documentos de una manera civilizada y pacífica.-

- Claro que sí, querido hermano. Y luego de la irreprochable conducta con que se han manejado recientemente los hermanos de tu logia y vos, estoy convencido de que así será.-

- Muchas gracias por tus palabras, Roberto. Respecto de la forma de resolver la situación de los documentos, diré que, dado todo lo sucedido, creo que lo mejor va a ser que primero los encontremos, y luego decidamos acerca de qué haremos con ellos.-

- Estoy de acuerdo, César. Mejor tengamos los documentos bajo nuestra protección primero y luego veamos en conjunto, y masónicamente, qué haremos con ellos.-

Una vez resuelta la línea de acción, todas las miradas se volvieron hacia la inmensa pintura sobre el cortinado de ingreso al templo.

"Energía Universal" se leía y además era el nombre con que su autor, un artista boloñés de nombre Enrique Fabris, había denominado aquel impactante mural, de estilo netamente renacentista.

La dificultad para poder revisar el mural en busca de un nuevo indicio era evidentemente su ubicación en lo alto, que lo hacía virtualmente inaccesible.

César les informó que tenía una copia de la llave del depósito de ornamentos y útiles varios, que se hallaba el costado del templo, en el vestíbulo. Imanol y Augusto lo acompañaron, y pronto volvieron con sendas largas escaleras extensibles de aluminio, del estilo de las utilizadas por los pintores.

Extendieron una a cada lado del mural, y a cada una de ellas se subió uno de los dos más jóvenes del grupo, para que revisaran la pintura en busca de alguna señal.

En tanto los dos jóvenes se dedicaban a esa ardua tarea, el resto de los hombres se reunieron en medio del templo, un poco alejados de donde las escaleras ascendían hasta el mural, para no entorpecer la labor de sus compañeros.

- ¿Qué vamos a hacer con Albino?- inquirió Aníbal.

- Dado que el tenor de todo lo sucedido es gravísimo, a mi entender deberíamos notificar inmediatamente a las altas autoridades de la Gran Logia Argentina, y que ellos decidan lo que debe ser hecho en este caso.- opinó César.

- Sí, es un venerable maestro regularmente electo y en actividad, no podemos decidir nada sobre él por nosotros mismos, al menos no masónicamente.- Roberto miró a César y Aníbal en busca de aprobación.- estimo que debería notificar a mi primer y segundo vigilantes para que convoquen una cámara de maestros, con objeto de notificar a la logia de lo sucedido con el hermano Albino, y que ellos formalmente decidan notificar a la Gran Logia.-

- Me parece correcto, querido hermano. La única salvedad es que concurriremos, si te parece bien, como invitados tuyos a dicha cámara, para poder atestiguar todos tus dichos y aportar nuestras opiniones, como actores que somos de lo sucedido.-

- Me parece perfectamente adecuado, querido hermano César ¿Aníbal, estás de acuerdo con ello?- Aníbal asintió.

- Muy bien, solo restará entonces informar a los dos hermanos que están en este momento colgando de las escaleras, de esto que hemos acordado.-

Observaron durante un buen rato el accionar de los mencionados. Sobre la punta de las escaleras, que apenas daban la altura adecuada para alcanzar la parte alta de la pintura, los dos hombres recorrían palmo a palmo la misma, buscando alguna marca o señal que les llamara la atención.

Recorrieron lentamente la superficie del mural, desde arriba hasta abajo, pero no hallaron en primera instancia nada llamativo. Aníbal miró su reloj; se estaba acercando la hora en que los primeros hermanos comenzarían a concurrir a ese gran templo para realizar sus trabajos habituales.

- No nos queda mucho tiempo antes de que empiecen a llegar los hermanos que trabajan hoy en este templo, queridos hermanos.- Roberto lo miró sobresaltado.

- Había olvidado por completo la hora. Muy bien, debemos apresurar el paso entonces; no podemos seguir con nuestra tarea si alguien más viene. Hay demasiadas preguntas que no podemos contestar, de momento.-

Se volvieron hacia la pintura. A Jaime había algo que le estaba haciendo ruido en la cabeza desde hacía un buen rato, pero no se había atrevido a intervenir en las conversaciones, rodeado como estaba de masones experimentados por doquier, se había sentido fuera de lugar opinando.

- Roberto, ya que queda poco tiempo ¿Te puedo hacer una sugerencia?-

- Claro que sí Jaime, todo aporte será bienvenido. Te escucho.- Jaime notó las miradas de los otros hombres, que caían sobre él.

- Bueno, mirando la pintura, me llamó la atención aquella frase debajo de la esfinge, que dice que es la vida, y devora a quienes no descubren su secreto.-

- Si, Jaime, es una frase en extremo interesante, digna de gran estudio, mucho del cual efectivamente se ha realizado y puede verse en gran cantidad de estudios masónicos al respecto.- Roberto sonaba impaciente. Evidentemente su amigo le estaba haciendo perder instantes preciosos.- ¿Eso es todo?-

- En realidad, no. Me preguntaba el porqué de que donde dice "MI secreto" el "MI" esté tan remarcado, con distinto tono de fondo, y como enmarcado. Incluso me dio la impresión de que la frase estaba, al menos casualmente, relacionada con los documentos, y que quizás "su secreto" tenía más de un sentido.-

- Lamento desilusionarte, querido amigo, pero esas marcas en el "MI" se deben a un intento de restauración realizado sobre el mural que no prosperó y que dejó como saldo esa diferencia en la pintura.-

César se quedó un instante pensativo, y enseguida

preguntó:

- Perdón, queridos hermanos, yo tengo la misma información que Roberto en relación con el intento de restauración. Sin embargo ¿Alguien sabe cuándo y quién hizo el mencionado intento?- Aníbal lo miró con asombro.

- Bueno, una vez escuché que fue unos años antes de la presidencia del querido hermano Hipólito Yrigoyen.-

- Eso sería en los años 20 del siglo pasado. Podría coincidir en el tiempo con algunos de los indicios previos.- Roberto miró hacia lo alto.- ¿Podremos indicarle a alguno de los muchachos que se acerque a la esfinge y revise debajo, en donde se lee "MI"?-

Así lo hicieron. Instantes después que Imanol se acercase a la esfinge, comenzó a gesticular como loco. Augusto en seguida se movió con su escalera en la misma dirección. Allí había algo. La agitación de ambos jóvenes en seguida se transmitió abajo, a los que los observaban.

Imanol había pasado su mano vestida con un paño sobre la frase. Al pasar sobre el "MI", notó un saliente en ambos extremos de la palabra. Pasó más detenidamente, y notó una línea recta a cada lado. Siguió la línea, y se dio cuenta de que en realidad era un cuadrado que rodeaba por entero la palabra.

Pasó entonces dos dedos sobre la palabra, haciendo fuerte presión sobre la superficie. Ahora notó que sobre la esquina superior izquierda de la palabra había un poco de juego hacia dentro. Presionó más, y la palabra completa retrocedió un centímetro sobre la pared. Había un hueco detrás de la palabra "MI".

Luego de forcejear un buen rato con la pieza móvil que contenía la palabra, consiguió que ésta se deslice completamente hacia atrás, cayendo un tanto dentro del hueco que había detrás.

Rápidamente hizo señas hacia los hombres debajo, indicando que le pasaran algo de luz. Dentro de la oscura oquedad no se distinguía nada. Una linterna fue izada hasta donde se hallaba Imanol. Al acercarse al hueco para iluminar el interior y otear el contenido de la oquedad, lanzó un respingo seguido de un rictus de desagrado; el olor a encierro emanado de allí dentro era intenso.

Tratando de no respirar el aire viciado del hueco, miró dentro, y notó una serie de paquetes perfectamente acomodados detrás de donde había quedado semi escondida la placa que contenía la palabra "MI" y que había servido para ocultar el mismo.

Con sumo cuidado, estiró el brazo libre, tomando uno de los paquetes. Lo sacó con dificultad; apenas pasaba por el hueco. El mismo despedía un olor rancio, como a cuero en estado de descomposición.

Pasó el paquete hacia abajo, donde lo recibieron como si se tratara de un recién nacido. Lo llevaron hasta el banco del primer vigilante, a la derecha del cortinado, donde lo apoyaron y procedieron a desenvolver cuidadosamente su contenido.

Luego de unos instantes de desenvolver capas de tela amarillenta, que casi se deshacía entre sus dedos, dieron con el contenido. Una saca de cuero, que era la causante del olor nauseabundo que despedía el paquete. Abrieron con cuidado la misma, intentado que no se partiera el seco cuero, y allí estaban.

Una cierta cantidad de pergaminos enrollados, junto con una serie de opúsculos en ajadas hojas amarillas ocupaban la saca. Y eso era todo. Se terminó.

La búsqueda que casi les había costado la vida había concluido.

XXVIII

"Petite et dabitur vobis quaerite et invenietis pulsate et aperietur vobis"
[Pedid, y se os dará; buscad, y hallaréis; llamad, y se os abrirá].
Mateo 7:7.

Tomaron uno de los pergaminos enrollados de dentro de la saca y lo desenrollaron un poco, cuidando de no quebrar el frágil cuero avejentado. Estaba fechado, cosa no demasiado frecuente. El año indicado era el anno domini 1123. El ajado pergamino estaba escrito en un latín remarcablemente bien conformado para lo que solía estilarse en la época medieval, signo inconfundible de la mano monacal, ya que incluso los más encumbrados nobles tenían muy pobre escritura.

Era una especie de compilación de actas de asambleas. El estilo era un tanto lacónico; probablemente era el texto original de un secretario que registraba lo que sucedía, el que luego habría sido transcripto por los monjes en un intento por preservar aquellos registros. Decía así:

"Venerable: Queridos hermanos, por los poderes que me han sido conferidos declaro abiertos los trabajos de esta logia de los misterios egipcios.

Maestro de ceremonias: El venerable hermano Yohanan ha-mmatbil ben Zechariah, el Bautista, que preside los trabajos, les anuncia que los mismos han quedado abiertos. Ayudan al venerable hermano a dirigir los trabajos, en los oficios de primero y segundo vigilantes del umbral, los queridos hermanos Yesu ben Yosef, y Ioudas ben Shimón.

Venerable: Queridos hermanos, en pie y haced el signo de la cofradía!

Todos lo hacen.

Venerable: queridos hermanos, estamos reunidos en esta respetable asamblea para..."

El resto del pasaje era ilegible dado el estado defectuoso del pergamino. El inicio del siguiente pergamino registraba las transacciones de la asamblea en los siguientes términos:

"Venerable: Queridos hermanos, por los poderes que me han sido conferidos declaro abiertos los trabajos de esta logia de Juan el Bautista de Jerusalém.-

Maestro de ceremonias: El venerable hermano Yesu

ben Yosef, que preside los trabajos, les anuncia que los mismos han quedado abiertos. Ayudan al venerable hermano a dirigir los trabajos, en los oficios de primero y segundo vigilantes del umbral, los queridos hermanos Ioudas ben Shimón, el Sicario, y Shimón bar Ioná.

Venerable: Queridos hermanos, en pie y haced el signo de la cofradía!

Todos lo hacen.

Venerable: queridos hermanos, estamos reunidos en esta respetable asamblea para iniciar a Eleazar, de B'thanía, también conocido como Lázaro.

Orador: Venerable Hermano ¿Das fé de que éste hombre profano que se acerca a nuestros augustos misterios es digno de nuestra consideración?

Venerable: Así es querido hermano Orador. Él ha realizado los tres días de introspección ritual, en una cámara fúnebre adecuada a tales efectos.

Orador: Entonces cumple con lo requerido para poder ser iniciado. Estoy conforme.

Venerable: Muy bien, en ese caso que todos los hermanos se sirvan votar por el signo de costumbre si están de acuerdo en iniciar a este profano.

Todos votan.

Orador: El voto es unánime a favor, venerable maestro.

Venerable: En ese caso, que el hermano experto se sirva traerlo a las puertas del templo.

Dicho esto el hermano Shimón el cananeo, a la

izquierda del venerable, que portaba una espada, se puso de pie y se dirigió con paso marcial hacia la entrada. Allí otro hermano armado, que cuida la puerta, le permitió salir. Todos aguardaron en silencio. Luego unos golpes fortísimos sonaron en la puerta, y el guardador de la misma la entreabrió, mientras que el venerable dijo en alta voz: Quién se atreve a penetrar en nuestros augustos misterios.

Experto: Su nombre es Eleazar, procede de B'thanía...".

Hasta allí podía leerse el principio del pergamino, el resto era ilegible. Otro pergamino mostraba su inicio escrito en los siguientes términos:

"Venerable: Queridos hermanos, por los poderes que me han sido conferidos declaro abiertos los trabajos de esta logia de Juan el Bautista de Jerusalém.-

Maestro de ceremonias: El venerable hermano accidental Shimón bar Ioná, que preside los trabajos, les anuncia que los mismos han quedado abiertos. Ayudan al venerable hermano a dirigir los trabajos, en los oficios de primero y segundo vigilantes del umbral, los queridos hermanos Andreia bar Jonah, y Mattai Leví.

Venerable: Queridos hermanos, en pie y haced el signo de la cofradía!

Todos lo hacen.

Venerable: queridos hermanos, estamos reunidos en esta respetable asamblea para discutir la dirección a tomar luego de la partida de nuestro respetable hermano Yesu ben Yosef, y del paso al oriente divino del querido hermano Ioudas ben Shimón, el Sicario. Anunciad en ambas columnas que queda concedida la palabra para expresar el parecer de cada hermano respecto de lo que hacer a continuación.

Primer Vigilante: Hermano Segundo Vigilante, hermanos de mi columna, el venerable maestro anuncia que queda concedida la palabra para expresar su parecer respecto de los hechos sucedidos y la dirección a tomar.

Segundo Vigilante: Hermanos de mi columna, queda concedida la palabra para expresar vuestro parecer respecto de los temas presentados. Anunciado en mi columna, hermano Primer Vigilante.

Primer Vigilante: Anunciado en ambas columnas, Venerable Maestro.

Segundo Vigilante: Un hermano solicita la palabra, Venerable Maestro.

Venerable Maestro: Concededla.

Ioudas Tau'ma: Venerable maestro, ante lo que considero una imperdonable traición, quiero que conste en acta mi más profunda tristeza y repudio por la manera en que se ha resuelto el tema de mi hermano Yesu, y declaro que desde este momento…".

Nuevamente el pergamino se tornaba ilegible en

ese punto. Pero había más, mucho más. Incontable cantidad de pergaminos que esperaban la mano experta que los trate adecuadamente y les extraiga aquellos misterios que habían guardado hasta ahora, misterios que transformaron el mundo y aún lo siguen haciendo, luego de dos milenios.

XXIX

"Visita Interiora Terrae Rectificando Invenies Occultum Lapidem"
[Visita el Interior de la Tierra; Rectificando Encontrarás la Piedra Oculta].
Lema alquimista.

A las puertas del Palacio Cangallo se congregaba un gran número de hombres. Todos estaban allí. Roberto con su amigo Jaime y sus nuevos compañeros de aventuras Aníbal e Imanol. Los queridos hermanos antes perseguidores y ahora trocados íntimos amigos Augusto y Octavio, junto con su venerable maestro, César. También Miguel Genta, el guía del Palacio Barolo, se había acercado a las puertas del palacio a pedido de César.

Todos se mostraban excitados ante las grandes expectativas que los hechos y descubrimientos recientes generaban. Gesticulaban y hablaban un poco estridentemente.

- Querido Roberto, acabo de hablar con el Gran

Maestre.- César se acercó al resto del grupo.- me ha dicho que una vez la cámara del medio de tu logia decida informar a la Gran Logia de lo sucedido con el hermano Albino, ésta enviará el caso de manera expeditiva al consejo de disciplina para que el mismo emita dictamen respecto de este masón.-

- Muy bien, César. He hablado hace unos pocos minutos con el primer vigilante de mi logia, que me informó que estaba citando de urgencia a la cámara de maestros a los efectos antes mencionados.-

- Excelente, querido hermano. Respecto de los documentos...- César lo miró con gesto teatral.

- ¿Si, querido César, te dijeron algo en la Gran Logia respecto de nuestra solicitud?-

- Por fortuna, Roberto, el Gran Maestre se ha mostrado de acuerdo con nuestra propuesta. Por ello, ha convocado a una asamblea extraordinaria de la Gran Logia, la cual votará aprobando o no la publicación de los documentos.-

- Muy bien. Creo que esa será la manera más adecuada de resolver nuestra dicotomía respecto de estos grandiosos, terribles documentos.-

- Sí, de esta manera será el voto de los representantes del pueblo masónico argentino todo el que decidirá el destino de estos documentos, cosa que me parece más adecuada que si fuéramos nosotros meramente los que tomáramos tan grande decisión.- Acotó Aníbal.

Jaime se mantenía silenciosamente atento a las

conversaciones. Estaba fascinado ante todo lo acontecido hasta hacía unos momentos. Además, ahora se sentía sorprendido por la velocidad con que todos esos hombres decidían de un plumazo cosas que podrían cambiar la historia de la masonería mundialmente.

- Ahora bien, en caso de que la asamblea general extraordinaria vote a favor de que estos documentos se hagan públicos ¿Ustedes son conscientes del impacto que semejante hecho puede llegar a tener a nivel mundial?-

Jaime no pudo contenerse de realizar la pregunta. El resto de los hombres lo miraron sorprendidos. Habían olvidado por un momento que un profano estaba entre ellos, y hablaban del tema libremente. Cruzaron miradas entre todos.

- Bueno, de todas maneras ya conoce lo más recóndito de nuestros secretos. En todo caso, que alguien le tome juramento solemne de que no comunicará lo visto, oído y leído aquí a nadie más, y démonos por satisfechos con ello.- Sugirió César.

Tanto Roberto como Jaime aceptaron agradecidos la sugerencia de César. Imanol y Roberto lo llevaron a un costado, y le tomaron el juramento bajo las puertas del Palacio Cangallo. Una vez cumplimentado ese trámite, volvieron a reunirse con el resto del grupo. César miró a Jaime con amabilidad y le dijo:

- Bueno, ya con el juramento de por medio, y con los méritos por usted realizados en pos de esta grandiosa tarea, creo que su pregunta amerita una respuesta.-

- Muchas gracias, César.-

- La verdad es que somos muy conscientes del gran impacto que esto podría tener sobre la historia de la masonería misma, pero eso no importa; por más que nos pese, no podemos tomar ninguna decisión por cuenta propia sobre un tema que afectaría, como usted bien menciona, a la Hermandad toda. Eso debe ser una prerrogativa de la asamblea, que como cuerpo legislativo masónico decidirá lo que en este caso sea ley.-

- Claro, perdóneme mi ignorancia al respecto; yo me refería a que dado que la relevancia de estos documentos es de orden internacional, debería haber alguna manera de que la asamblea sea de ese carácter también ¿No le parece?- César sonrió ante la pregunta.

- Mi querido amigo, no; en realidad no me parece. Puede que usted crea que somos presumidos al querer guardar para nosotros solos una decisión como ésta, pero no es así.- hizo una pausa.- Lo que sucede, Jaime, es que cada Gran Logia es completamente autónoma, sin tener obligaciones con ninguna otra Gran Logia del mundo. Lo único que aglutina es la regularidad, que son un conjunto de cánones a respetar para que las Grandes Logias se reconozcan entre sí, e incluso sobre eso hay discusiones.- tomó aire.- Por ello, cada Gran Logia tiene la potestad de decidir en todo lo relativo a su territorio. Y dado que los documentos han aparecido aquí en Argentina, no es otra que la Gran Logia Argentina de Libres y Aceptados Masones la que decidirá, en asamblea general extraordinaria, el destino de esos documentos, y probablemente, por qué no, el de la masonería toda.-

- ¿Pero usted cree que la masonería podría desaparecer si esos documentos vieran la luz?-

Preguntó asombrado Jaime, que no había considerado esa posibilidad. César lanzó una breve y seca risita ante tamaña pregunta.

- No, mi querido amigo, por supuesto que no. Debería suceder o una inimaginable catástrofe global o un grandioso milagro de similar magnitud para que la masonería desaparezca de la faz de la tierra. Sólo en el caso de que la humanidad toda se extinga o de que la humanidad toda evolucione en algo mejor, sólo entonces la masonería dejará de tener razón de ser. Hasta entonces...- sonrió a Jaime y continuó.- No me refería a que la masonería desapareciera, sino a que evolucionara. Hace trescientos años atrás, poco más o menos, allá por 1717, un pequeño conjunto de logias inglesas se reunieron en Inglaterra, y en asamblea general constituyéronse en la primer Gran Logia de la que se tenga registro. Eso fue el 24 de Junio de 1717, el día de la festividad de San Juan. Ese encuentro fue un hito en la historia de la masonería universal. A partir de allí comenzó un proceso de "discretización" de la masonería que permitiría que ésta, dejando su anterior accionar del todo secreto, se despliegue por todo el mundo. Quizás ésta es una oportunidad parecida a la de aquellos tiempos, querido amigo Jaime y queridos hermanos, en que con nuestras acciones podamos felizmente contribuir a la mayor difusión de los más grandes valores de la masonería por sobre la faz de la tierra.-

- ¡Libertad, Igualdad, Fraternidad!- lanzó alegremente Roberto.

- ¡Ciencia, Justicia, Trabajo!- continuó Imanol.

- ¡Salud, Fuerza, Unión!- terminó la serie Aníbal.

La gente que esa noche pasaba por la calle Perón miraba en dirección a esos locos hombres de trajes oscuros que gritaban frases al aire. No comprendían lo que sucedía, pero les llamaba la atención la inusual algarabía a la entrada de ese lugar.

Los hombres que estaban en la puerta lanzaban consignas que parecían de la revolución francesa, se abrazaban entre sí; se mostraban genuinamente emocionados, como si hubieran vuelto de la guerra, o hubieran descubierto un tesoro largamente perdido.

Y como suele suceder, la realidad superaba a la ficción. Si aquellos peatones supieran el motivo de aquel inusual festejo, probablemente les hubiera resultado increíble. Incluso algunos de ellos no lo creerían aunque les mostrasen las pruebas ante sus propios ojos. Es lo que suele suceder con los seres humanos; algunos creen unas cosas, y otros, prefieren creer otras.

Los hombres frente a aquel edificio histórico creían en aquellos documentos, de la misma manera que creían en la Orden Masónica y el valor que aporta dicha Hermandad a la humanidad, y por ello lo habían arriesgado todo, incluso la vida misma.

Ahora, repuestos de la peripecia, los amigos y los enemigos hermanados nuevamente, todas las distancias salvadas, y los conflictos resueltos, sólo restaba el festejo, a la espera de una resolución por parte de la asamblea. Pero de todas maneras, cualquiera fuera la decisión de la asamblea general, su misión estaba cumplida.

La Logia de San Juan, enterrada por doscientos años en la Argentina, finalmente había visto la luz. Nuevos ojos sobre el viejo secreto. Dos mil años. Y nuevamente, como en aquel entonces, el Fénix, el León herido, el Cristo, o como cada uno gustase de entender aquel milagro de dos milenios de antigüedad, resucitaba de sus cenizas, trayendo noticias que podrían ayudar a cambiar el mundo como lo conocemos, a favor de toda la humanidad. Otra vez.

AMEN

ACERCA DEL AUTOR

Constantino Eneas se interesa por temáticas fuera de lo ordinario, podría decirse incluso paranormales. Sus trabajos han venido enfocándose en asuntos invariablemente relacionados con la psicología, lo onírico, las sociedades secretas, el ocultismo, entre otros temas. Algunas de sus novelas son El Tiempo por Vivir (2011) y Videntes (2013).

www.ingramcontent.com/pod-product-compliance
Lightning Source LLC
Chambersburg PA
CBHW070622130626
46556CB00001B/439